www.loqueleo.com/es

2018, Santillana Infantil y Juvenil, S. L.
Avenida de los Artesanos, 6. 28760 Tres Cantos (Madrid)
Teléfono: 91 744 90 60

ISBN: 978-84-9122-154-8
Depósito legal: M-37.915-2015
Printed in Spain - Impreso en España

Segunda edición: diciembre de 2018

Directora de la colección:
Maite Malagón
Editora ejecutiva:
Yolanda Caja
Dirección de arte:
José Crespo y Rosa Marín
Proyecto gráfico:
Marisol del Burgo, Rubén Chumillas, Rosa Marín, Julia Ortega y Álvaro Recuenco

27 LATIDOS

RAFAEL SALMERÓN

loqueleo

Hope there's someone
Who'll take care of me
When I die, will I go

Hope there's someone
Who'll set my heart free
Nice to hold when I'm tired

There's a ghost on the horizon
When I go to bed
How can I fall asleep at night
How will I rest my head

Oh I'm scared of the middle place
Between light and nowhere
I don't want to be the one
Left in there, left in there

Hope there's someone
Who'll take care of me
When I die, will I go

«Hope There's Someone»
Antony and the Johnsons

Latido n.º 1

El taxi frena bruscamente, evitando por unos pocos centímetros los torpes andares del chico que, con la mirada perdida en la cegadora luz de las farolas que iluminan la calle, estrecha y desierta, se lanza al asfalto sin miramientos ni precauciones.

—¡Estás loco! ¡Mira por dónde vas! —chilla el taxista bajando la ventanilla.

El chico, con el rostro dibujado de sorpresa, sonríe y se aleja dando tumbos, regalándole al conductor uno de sus dedos, solitario y mudo desafío, más costumbre o reflejo que verdadero reto.

—¡Gilipollas! —ladra el taxista, antes de volver a subir la ventanilla y alejarse entre las brumas de la madrugada.

Arrastrando los pies, el chico alcanza la acera de enfrente y, al chocar contra el capó de un coche aparcado, está a punto de perder pie y de dar con sus huesos en el suelo. Sin embargo, sujeto por los débiles e invisibles hilos del azar, continúa su camino, renqueante, hacia el oscuro portal que hay unos pocos metros más adelante, entre los cierres echados de la farmacia y del rancio bar donde, de vez en cuando, su abuelo se toma un vermú con sus también rancios parroquianos.

Una vez en el portal, el chico saca las llaves del bolsillo, aunque sus torpes dedos no consiguen retenerlas e, irremisiblemente, caen al suelo. Y no son las llaves lo único que cae sobre los sucios adoquines. Sin embargo, el chico, con los sentidos bajo mínimos, no se da cuenta. Pero lo que sí sabe es que ha de recoger el llavero caído, así que se agacha muy despacio, calculando con cuidado cuánta concentración y control necesita para llevar a buen término su tarea. En cuclillas, tantea el suelo con la mano, buscando entre sombras y brillos borrosos las llaves que han de franquearle la entrada. Las yemas de sus dedos acarician el frío y suave metal, aunque también encuentran algo más. El chico acerca a sus turbios ojos ese algo inesperado, un algo que reconoce enseguida. Entonces, una sonrisa de intoxicada satisfacción curva sus labios. Unos labios a los que se lleva inmediatamente esa sorpresa caída y antes olvidada en el bolsillo de los vaqueros. Con cuidado, saca el mechero de la chupa y prende fuego al papel enrollado y arrugado. Aspira con fuerza, sintiendo cómo sus pulmones se inundan del cálido y familiar humo del aceite de hachís. Con la cabeza apoyada en la puerta de cristal y hierro, fuma con los ojos cerrados, deteniendo el tiempo por un momento, mientras siente que su cuerpo pertenece al humo y al frío de la noche y deja la mente en blanco, abriéndose un pequeño hueco en la nada.

Finalmente, después de tres profundas y largas caladas, lanza lo que queda del porro encendido sobre el capó de un coche aparcado y, con el pulso vacilante, abre la puerta. Sus piernas, que le pesan como dos sacos de arena, realizan la gesta de subir los dos pisos de escaleras que le separan de su casa. Una vez frente a la puerta, tantea a ciegas, según intenta introducir la llave en la cerradura durante unos segundos eternos y nebulosos. Cuando ya parecía imposible, todo encaja, y la puerta se abre en silencio. El chico se lleva un golpe sordo contra el aparador que hay a la izquierda al adentrarse en la oscuridad del hogar, arrastrando el chirrido de sus zapatillas de deporte por el estrecho pasillo. Entonces, al pasar junto al cuarto de baño, siente cómo su estómago da la voz de alarma y, tras encender la luz de un manotazo, se deja caer de rodillas junto al váter y, con el tiempo y los reflejos justos para levantar la tapa, vomita todos los líquidos, los sólidos, y tal vez los recuerdos, de una noche que ya ha pasado. Una de tantas.

—¿Nico? —pregunta una voz ronca que vuelve desde las lejanas fronteras del sueño.

El chico no oye cómo su abuelo lo llama. Sin embargo, el viejo, que aguza el oído, sí escucha cómo su nieto echa las tripas por el desagüe, pagando los efectos de una noche de excesos. Una de tantas.

Latido n.º 2

Las prisas de la mañana van y vienen, esperan en las paradas del autobús, se desesperan en los atascos, caminan arrastrando los pasos y el sueño, que se muda como una camisa de serpiente gastada y seca.

Los humos de los tubos de escape, de las calefacciones, las ardientes bolsas de aire de las bombas de calor, el sonido de un claxon, tal vez una sirena lejana, que busca o que lleva, el murmullo de los murmullos que se amortiguan, y las respiraciones agitadas, y las persianas que se levantan con brusquedad, y el llanto de un niño, y algún que otro llanto. Todo eso canta la pálida y sucia música de la mañana.

En las aceras, la gente pasa. Es lunes y, como todos los lunes, muchos tienen los ojos enganchados en las puntas de sus zapatos. Unos van al trabajo, otros al colegio o al instituto o a la universidad. Otros, cada día más, simplemente van, pues no saben, no quieren quedarse quietos bajo las sábanas heladas, abrigados con el miedo y la culpa, o con la desesperanza que sopla en sus nucas un futuro cada vez más borroso y amargo.

Afuera, en la calle que se sacude a manotazos el sueño, la brisa fría y cortante que aún huele a alba y a dióxido de carbono se cuela entre los huecos de la chupa, se abre paso hasta los labios, hasta las fosas nasales, hasta los párpados secos. Y él —Augusto Monroy como su padre, Gusto para muchos, el chico, o el hombre— todavía no lo sabe, todavía está en ello. Aprieta con fuerza la mano delicada, enguantada en lana de color violeta, de su hermana pequeña, camino del instituto. Ella aprieta también con sus dedos delgados de niña, y se aferra a esa garra fuerte y protectora.

—¿Seguro que no tienes frío? —vuelve a preguntar él mientras mira a su hermana desde arriba, como se suele mirar a una hermana pequeña. Aunque ya no sea tan pequeña, pero de eso él aún no se ha dado o no quiere darse cuenta.

—Qué pesadito eres...

Él la mira como se mira el agua que se escapa entre los dedos. Maravillado y al mismo tiempo aterrado.

Ella, con los ojos al frente, siente la mirada de su hermano y, sintiéndose importante, sonríe apenas. Él es su guardián, su apoyo, su confidente. Además, es un hermano de lo más guay. Siempre está pendiente de ella, de vez en cuando le compra caprichos, como esa mochila tan chula que lleva colgada del hombro izquierdo, y no está todo el día dándole la coña, no como hace su madre. Por lo menos los pocos ratos que comparten en los escasos huecos que quedan entre su trabajo de enfermera de tarde y noche y sus biorritmos cambiados. Sin embargo, él, su hermano, que apenas hace un instante que dejó de ser un crío, o por lo menos eso le recuerdan todos a la primera que pueden, siente que tiene que ocupar el vacío que dejó hace años su padre. Hace ya que aquel hombre duro y frío salió por la puerta sin mirar atrás, dejándose gritos, reproches y malhumores. Incluso algún que otro golpe, aunque eso su madre no quiera reconocerlo. Y a aquel desconocido al que ni saben ni quieren llamar «papá» lo ven ya muy de vez en cuando, unos «de vez en cuando» cada vez más cortos y más espaciados. Aunque eso, la verdad, a ninguno de los dos les importe demasiado.

En cuanto ve a sus amigas con las mochilas al hombro, con esos gestos de querer parecer mayores, la hermana pequeña de Gusto trota a su encuentro. Pero como siempre, al menos todavía, vuelve la cabeza un momento y se despide de él con una sonrisa y alzando la mano fugazmente, la mano enguantada de color violeta. Mientras, sus amigas esconden las risas nerviosas, cuchicheando, comentando entre dientes lo guapo y lo interesante y lo guay que es su hermano mayor, y la suerte que tiene ella de tener un hermano mayor tan guapo y tan interesante y tan guay.

Y Gusto mira, inmóvil sobre la acera, en mitad del río de niños y de padres que se sumergen, cómo su hermana se aleja.

Unos segundos después, Gusto regresa sobre sus pasos y va hacia el parque que hay frente al colegio privado del barrio. Esa pequeña isla verde es su territorio, su mercado, su oficina. Los bancos del parque, las farolas tristes, los jardineros que pasan sin hacer preguntas y el quiosco que hay fuera ya de los límites de la zona ajardinada, junto a la avenida.

Es pronto, y todos están en clase, así que Gusto va hacia el quiosco. Ese quiosco lo regenta el viejo Román. Aún no es un anciano, pero sus cabellos largos y blancos y sus barbas blancas y largas le hacen parecer mayor, como un sabio y vetusto chamán, o como un marinero que espera en tierra a que se lo lleve una última ola.

—Hola, Román. ¿Qué tal empieza el día?

—Ya ves —dice el hombre, señalando las primeras planas de los periódicos de la mañana—. Otro día más de sometimiento y esclavitud.

Gusto no puede contener una risa corta y brusca.

—Tú siempre tan optimista.

—Realista, chaval, realista. A mí no me engañan con sus números y su palabrería burocrática. Esto no es ninguna crisis, amigo mío. ¡Esto es una estafa! La estafa más grande y vergonzosa de la historia.

Gusto vuelve a reír, y levanta el puño al aire.

—No nos queda otra, ¡la revolución!

—No seas tan graciosillo. Además, no vas desencaminado.

—No te pongas así, Román. Es demasiado temprano para estar tan cabreado. Ya tendrás tiempo a lo largo del día.

—Eso seguro, chaval. Aunque ya sabes que, en el fondo, dentro de mí hay un optimista irreductible que no pierde la esperanza de que algún día vosotros, los jóvenes, mováis el culo y cojáis la sartén por el mango.

—¡Y los aticemos con ella en toda la cara!

Ahora es el viejo el que ríe, con los ojos cerrados, agitando las blancas barbas y los blancos cabellos.

Román, el quiosquero, es un hombre peculiar. Viejo anarquista, libertario, perdedor de mil batallas, a veces habla de sí mismo en tercera persona, como si ese «viejo Román» fuese alguien al que no hay que hacer mucho caso, alguien a quien no se debe tomar muy en serio, pues hace ya demasiado que su tiempo pasó. Sin embargo, a pesar de la diferencia de edad, y a pesar de muchas otras cosas, el viejo Román —ese hombre con la cabeza y el rostro cubiertos de nieve, con los pequeños ojos azules que brillan como ascuas de un incendio que se extingue, pero que aún puede prender con su chispa la última de las mechas— es amigo de Gusto. De este Gusto de dieciocho años, este Gusto que no estudia, que no trabaja, que pasa el día vagabundeando, gastando el tiempo a puñados en el paréntesis que hay entre el camino de ida al instituto de su hermana y el camino de regreso a casa. De este Gusto que rasga las cuerdas de su guitarra eléctrica casi con hastío. De este Gusto que guarda en los bolsillos pequeñas pastillas de colores, de formas y de nombres variados y de propósito único. De este Gusto que entrega a escondidas la mercancía a cambio de un puñado de billetes. Y todo eso, el viejo Román lo sabe. Y, a pesar de ello, Gusto y Román son amigos. Sin embargo, en alguna que otra ocasión, no siempre, el quiosquero parece verse en la obligación de pronunciar palabras de reprobación, de reproche, unas palabras que no parecen suyas, que toma prestadas del libro de las normas sociales, de las reglas fundamentales del respeto y del acatamiento de las leyes y del sistema establecido. Unas palabras que caen entre ellos como una piedra en un estanque de aguas oscuras e insondables.

—¿Por qué vendes esa porquería, chaval?

Gusto se toma su tiempo para responder. Aunque no esperaba la pregunta en ese preciso instante, no se sorprende, ni se esconde, ni se pone a la defensiva. Y, desde luego, tampoco se cabrea.

—Ya te lo he dicho otras veces, no lo sé muy bien —contesta por fin—. Para poder responderte tendría que tener claro cómo empecé en esto y, la verdad, es que no estoy muy seguro. Es como si un día me hubiera despertado y, ¡pam!, ahí estaban las pastillas, y los clientes, y todo este rollo. No sé, supongo que me dejé llevar. No presté mucha atención al modo en que se desarrollaba mi propia vida. Y ya ves...

—¿Y vas a seguir siempre así? ¿No tienes ningún otro plan?

—¿Como cuál?

—No sé. ¿Llegar a algo con tu grupo? Ya sé que lo de la música está difícil; pero, tal vez, no sé, ya sabes que no hay que rendirse.

Gusto esboza una sonrisa torcida.

—No creo que el mundo esté ansioso por encumbrar a tres tíos que se dedican a tocar versiones de viejos roqueros. Además, tampoco somos muy buenos.

—Y ¿por qué no estudias algo, como hacen todos?

—Como hacen todos... ¿Y qué se supone que debería estudiar?

—Eso es cosa tuya. Es una decisión que tienes que tomar por ti mismo.

—¿Y si no quiero tomarla? ¿Y si no sé hacerlo? No es tan sencillo.

—¿Y un trabajo? Podrías buscar un trabajo. Eres un chico listo.

—Qué gracioso. También podría buscar al monstruo del lago Ness. Seguro que lo encontraba antes. Además, yo ya tengo un trabajo.

—Me refiero a un trabajo honrado.

—Ah, pero ¿hay de eso?

—No seas sarcástico. Me refiero a un trabajo más, digamos, normal. O por lo menos legal.

—Eso no estaría mal. Lo de legal digo, porque no me va esto de tener que estar todo el día en tensión, controlando si aparece un coche de policía. No creas que me acostumbro; pero no, gracias. No quiero encadenarme a una rueda de la que luego no pueda soltarme.

—¿Y ahora no estás encadenado?

—Esto es distinto.

—¿Seguro?

—Sí. No tengo intención de seguir pasando pastillas hasta la jubilación.

—Eso tenlo por seguro. En ese mundo nadie llega a viejo. Además, dudo mucho de que exista el hogar del traficante jubilado.

—Ahora eres tú el que está siendo sarcástico.

—Perdona, chaval.

—No importa. De todas maneras, no creas que no sé todo esto que me estás contando. No soy idiota. Además, este no es mi mundo. Ahora mismo solo es una manera de poder disponer del tiempo y los recursos para decidir tranquilamente, sin presiones, qué voy a hacer con mi vida.

—Eso ya es algo, pero ¿y tus clientes? ¿No has pensado que a lo mejor ellos también podrían hacer otra cosa con sus vidas que financiar tu año sabático?

—Esa es su decisión, no la mía. Yo no obligo a nadie, ni voy por las puertas de los colegios ofreciendo caramelitos con droga, así que no intentes cargarme con esa culpa. No te pega.

—Lo sé, chaval, perdona. El «viejo Román» ha sido momentáneamente poseído por algún demonio retrógrado y moralista.

—A lo mejor, con una de mis pastillitas, logras sacárselo de dentro al «viejo Román».

—Eso no ha tenido gracia.

—Lo sé, pero no he podido contenerme… Es algo que me pasa a menudo…

Durante unos segundos, el silencio se viste con el aire frío y seco de la mañana, una mañana de marzo como tantas. Gusto y Román escrutan el cielo plomizo con los ojos entrecerrados, las pupilas incómodas por la luz del sol que se filtra a través de las nubes. Entonces, como surgidos del vaho que se escapa de entre sus labios, aparecen las figuras de dos chicos que, con los pasos rápidos y tensos, se dirigen hacia ellos. Gusto, que sabe de quiénes se trata, se encamina hacia los dos jóvenes. Quiere poner la suficiente tierra de por medio, pues no se siente cómodo haciendo «negocios» junto al quiosco de Román. Tal vez sea por no incomodarle, o tal vez no sea más que un residual sentimiento de vergüenza. Aunque, quizás, ese sentimiento no sea tan residual.

Latido n.º 3

Nico espera a Ainhoa a la salida del insti. Se ha saltado la clase de Ética; pero, piensa él, «¿para qué mierdas puede servir la Ética?». Está sentado en el capó de un coche, con los talones apoyados en el parachoques. Las verjas de hierro anaranjado vomitan a la masa compacta de alumnos, a los profesores que aceleran el paso. También al profesor de Ética que, al percatarse de la presencia del alumno, díscolo y rebelde, desvía la mirada, que se dirige ahora hacia la punta de sus zapatos, ahora a un indefinido horizonte. No hay ganas ni convicción para la lucha ni para el reproche.

Y, finalmente, allí está ella. Con sus andares seguros, rotundos y provocadores. Con la espalda recta, meneando las caderas, mascando chicle sin pudor, con los labios húmedos, la boca abierta, desafiando al mundo, al paso del tiempo. Un tiempo que, a sus dieciséis años, no existe. Porque nunca es mañana, y el presente no es más que un sueño del pasado. Así que, con los muslos ceñidos en los estrechos vaqueros, con la cazadora minúscula, con el pelo castaño y salvaje recogido en una especie de cascada, rodeada por su séquito de amigas, de damas de honor de polígono y de extrarradio, pisa con fuerza el suelo, sabiendo que los ojos la contemplan, con envidia o con oculto deseo. Algunos de esos ojos, también con miedo o con odio. Sin embargo, los ojos de Nico, que ella encuentra enseguida, la miran de frente, sin el menor atisbo de disimulo, mostrando un deseo nada oculto, directo y desafiante. Y ella, que juega a ese juego mejor que nadie, va derecha hacia él: acepta el reto. Aunque, cuando no está a más que un par de metros de él, se detiene, se gira y le da la espalda. Él, por un momento sorprendido, duda. Aun así, Nico también va por el mundo con aire altivo y pisa el suelo con fuerza, con descaro, sintiendo que no ha de encontrar barreras tan altas que no pueda franquear. Así que se levanta del capó del coche de un salto, doblando ligeramente el parachoques, y, con sus andares rítmicos, se dirige hacia esa espalda y esas caderas que le atraen como un imán.

—Eh, tía.

Fingiendo sorpresa, ella se gira hacia la voz que le interpela, mientras mastica el chicle aún con más fuerza, con más descaro.

—Tía, ¿qué pasa? —dice él, sin decir nada. O tal vez diciendo tanto.

—Qué pasa, Nico. ¿Te has fumado las clases?

—Ya me gustaría, tía, pero qué va, solo el rollazo de Ética.

Ella sonríe una sonrisa vacía.

Él insiste.

—¿Te has pensado lo que te dije?

—Sí, tío. Lo que pasa es que me da mazo de palo tener que ir en el tubo. Y Charly me lleva en moto.

Nico siente cómo le hierve la sangre al oír ese nombre. «¡Pijo de mierda!», mastica en silencio.

—Venga, tía, pasa de ese capullo.

Por unos momentos su decisión flaquea. Se siente empequeñecido, incapaz de competir con ese otro, con toda su pasta, con su Aprilia RS50. De hecho, no hay nadie en el barrio que pueda competir con eso. De todos modos, Nico no es de los que se echan atrás, al contrario, es de los que se suben al alambre sin red, de los que saltan al vacío sin paracaídas.

—Además, no te pienses que ese pavo es el único que se puede hacer con una moto.

—¿Ah, sí? ¿Acaso tienes moto tú? —responde ella primero con sorpresa, luego con cierto tono de burla—. Debe de ser muy pequeña, porque no la veo por ningún lado.

Nico, que está acostumbrado a luchar contra las cuerdas, responde rápido, sin que sus palabras pasen por su cerebro.

—Me la está guardando mi hermano. Pero para el viernes la tengo.

Ella duda un segundo. Nico le ha lanzado el guante, y ella tampoco es de las que se acobardan.

—Entonces, tal vez vaya contigo. Siempre que esa moto tuya no sea un cacharro de pizzero. Este no se sienta en cualquier lado —dice, acompañando sus palabras con una sonora palmada en el trasero.

Y ahí se acaba la conversación. Porque por la calle que baja al instituto se acerca una moto. Es una Aprilia RS50, y en ella va montado el tal Charly. Y ese tal Charly frena bruscamente y sonoramente, haciendo que todos se aparten, que todos le miren. Se quita el casco y, orgulloso, seguro de sí mismo y de la admiración que causa, muestra una sonrisa radiante.

«¡No puede ser!», piensa Nico. El casco que acaba de quitarse Charly y que descansa ahora sobre el depósito de la moto es el nuevo AGV Pista GP, la réplica del de Valen-

tino Rossi. «¡Pero si cuesta más de ochocientos pavos!». Nico no sale de su asombro, y odia a ese «pijo de mierda» con toda su alma.

Ainhoa pasa junto a Nico sin mirarle, directa hacia el motorista que ha venido a buscarla. Sin mediar palabra, se besan en la boca, casi con violencia. Y Nico siente cómo el pecho y la cabeza le arden, dominados por la furia. Desearía abalanzarse sobre ese tío y reventarle la cabeza con su casco de mierda. Entonces Ainhoa, sin dejar de besar a Charly, gira la cabeza y clava los ojos castaños en los de Nico. Y él lo entiende como lo que es: un desafío, un reto, una invitación a la lucha y a la conquista de una princesa de barrio que se siente aún más importante de lo que ya se cree imaginando la pelea de los dos gallos que se disputan sus favores.

Durante unos segundos, el tiempo se detiene. Ainhoa con los ojos de Nico enganchados en los suyos. Ainhoa con la boca de Charly enganchada en la suya.

Finalmente, ella se monta en la moto, él vuelve a ponerse el casco y, haciendo rugir el motor de la RS50, se marchan.

Nico permanece inmóvil, contemplando cómo la figura de Ainhoa, que se aferra con fuerza a la cintura del odiado rival, se pierde entre el tráfico y el humo de los coches. Y así se queda un rato, como una estatua de sal, como un árbol seco. Pero el reloj no se detiene, y Nico tiene cosas que hacer.

Bracea con rabia en contra de la marea de chicos, chicas, profesores, que se van a sus casas, a comer, o, simplemente, a refugiarse y lamerse las heridas, y entra en el instituto. Recorre el largo pasillo, que se va quedando desierto, y entra en el cuarto de baño. Las puertas de los pequeños cubículos, reducidas celdas de supuesta intimidad cubiertas de pintadas que ya nadie borra, están cerradas. Todas menos una. Allí, apoyado contra la pared de azulejos, en algún pasado lejano blancos e impolutos, está el chico al que busca. Es de segundo de la ESO. Se le nota en la cara de pardillo, y en el halo de miedo que apesta como el efluvio de una mofeta. Nico se acerca con el gesto duro, como debe ser, como obliga el momento.

—¿Tienes la pasta?

—Sí —dice el otro, con la voz temblorosa, y la mano, que saca del bolsillo los billetes arrugados, también temblorosa.

Nico le arranca el dinero de entre los dedos sin miramientos. Entonces, un poco haciendo el paripé, mira a uno y otro lado y, una vez comprobado que no hay moros en la costa, saca del bolsillo trasero una bolita de color marrón oscuro, casi negro, envuelta en el chivato de un paquete de tabaco.

—Es un poco pequeño..., ¿no? —se atreve a protestar el chico de segundo de la ESO.

Nico da un paso hacia él, hinchando el pecho, enseñando el colmillo.

—¿Quieres el libro de reclamaciones? —dice con aire desafiante.

El de segundo, mucho más que arrepentido de haber abierto la boca, niega efusivamente con la cabeza, arrugado y pequeño como una uva pasa.

—Qué va, tío, está guay, tío, genial...

Nico, como un perro de presa, huele literalmente su miedo.

Sin embargo, algo dentro del chico, que no puede y no sabe controlar, exige más explicaciones.

—Es bueno, ¿verdad?

Nico duda un momento. Al ver la cara de pardillo de ese tío, se le viene a la mente otra cara muy distinta. Es la de Charly, orgulloso y altivo, con su casco y su moto inalcanzables, besando a Ainhoa delante de sus narices. Y entonces siente deseos de vengarse en el estúpido rostro de ese chaval que tiene delante, acongojado e indefenso. Siente cómo otra vez le arden el pecho y la cabeza, y aprieta los nudillos, dispuesto a reventarle la jeta a ese enano insignificante que no hace más que preguntar estupideces. Sin embargo, Nico logra controlarse y sonríe. Aunque ese no sea su negocio, aunque esa transacción no sea más que una manera de sacarse unos pavos timando a pringados como el que tiene delante, no conviene asustar a los clientes. Al menos, no más de lo necesario.

—Cojonudo. Un chocolate de primera —responde parcamente.

Enseguida, le indica con un gesto dónde está la salida, y el chico de segundo de la ESO se marcha, escondiendo la mercancía en el bolsillo interior de sus pantalones.

Un minuto después, Nico también sale del cuarto de baño.

En cuanto abre la puerta, se encuentra con la cara agria de Máximo, su profesor de Matemáticas.

—¿Qué hacías ahí dentro, Nicolás? —pregunta el hombre, que impide con su cuerpo grande y ligeramente fofo el paso del chico.

Por unos instantes, Nico titubea. Son muchos años de colegio y de instituto, teniendo que justificarse, que dar explicaciones a muchos otros profesores.

—Nada —responde—. Solo estaba meando.

Máximo endurece el gesto, con la incredulidad dibujada en el rostro.

—¿Te piensas que soy tonto, que me chupo el dedo?

Nico no contesta.

—Ya me parece mal que tú tomes esas porquerías que tomas, pero esto es intolerable. Ese chico no tiene más de trece años.

—A mí qué me cuentas —dice Nico con desinterés, recuperando la chulería e intentando escabullirse.

Sin embargo, el profesor de Matemáticas lo sujeta con fuerza por los brazos y le impide la huida. Al verse atrapado, el chico tensa los músculos e intenta zafarse del rígido abrazo. Pero el hombre es más fuerte de lo que parece y no cede. Entonces, Nico vuelve a sentir ese calor que le abrasa por dentro, y descarga toda su ira, su frustración y su miedo contra el profesor. Sorprendido por el inesperado y desproporcionado empujón, el hombre suelta los brazos del chico. Pero la rabia está desatada, y Nico empuja de nuevo, con todas sus fuerzas, y Máximo cae al suelo de espaldas.

—¡No me toques! ¡Quítame las manos de encima! ¿Qué quieres, meterme mano, como a la tía esa?

—¿Qué?

—¡Que me dejes en paz, cabrón! ¡Y no vuelvas a tocarme!

—Nicolás...

—¡Cállate de una vez, joder! ¡Y no vuelvas a ponerme encima tus asquerosas manos de violador!

—Nicolás... —susurra apenas el hombre, caído, hundido, apuñalado por las palabras que el chico escupe con rabia, con desprecio, con asco visceral.

El profesor baja la mirada, y Nico se va, casi a la carrera, por el pasillo desierto.

El hombre, tirado en el suelo, con su cuerpo grande y algo fofo derrotado, abandonado como un fardo viejo e inútil, no se levanta. Y, tras sus párpados cerrados, escondidos al transparente amparo de las pequeñas gafas de montura metálica, apenas encuentran freno las lágrimas. Unas lágrimas cansadas, viejas y solitarias.

Latido n.º 4

La puerta del pequeño y cutre apartamento se abre con un leve chirrido, un quejido apenas. Arrastrando los pasos por el parqué, el profesor recorre el estrecho pasillo, rumbo a la estancia que sirve de salón, comedor y dormitorio. Deja caer a plomo la cartera de cuero sobre el sofá cama y, otra vez arrastrando las suelas de goma de los zapatos, se dirige al cuarto de baño. Es minúsculo, tanto que el váter, la ducha y el lavabo parecen en constante disputa por ese centímetro que no pertenece a ninguno de ellos. El profesor abre el grifo y deja correr el agua durante unos segundos. Sus ojos bucean en el caudal transparente y, por un momento, se siente como ese líquido, que, irremisiblemente, se pierde por las negruras del desagüe camino de las alcantarillas. Sin embargo, ese instante no es tan solo un instante, porque desde hace ya demasiado Máximo siente que el tiempo, que la vida, se le escurre entre los dedos, y se va perdiendo, segundo a segundo, sin que sea capaz de hacer nada por remediarlo.

Con los ojos cerrados, deja que el agua tibia resbale por su cara, que moje el cuello de la camisa. Con los ojos cerrados, Nicolás vuelve a empujarlo contra el suelo, y luego escupe sobre él dolorosas acusaciones, desprecio y odio. Y sigue así, con los ojos cerrados, todavía durante unos segundos.

El profesor regresa a la pequeña habitación que ahora es su mundo y su cárcel y, con todo el peso del universo sobre los hombros, se desploma sobre el sofá cama, junto a la vieja cartera de cuero. Luego, lentamente, recorre el reducido horizonte con la mirada. La biblioteca, los pocos libros que hay en ella, esas dos extrañas figuritas de porcelana que le resultan tan deprimentes, la televisión... Y, sobre la repisa de la derecha, la foto de Carlos. Su hijo.

Con los ojos nuevamente cerrados, el profesor contempla cómo las imágenes pasan veloces. Sin embargo, al mismo tiempo, esas mismas imágenes se muestran como recuerdos congelados, instantáneas calcográficas de una vida que fue la suya. Y en ella está Carlos. Y él, su padre, Maxi por aquel entonces, profesor de Matemáticas y jefe de estudios del más reputado colegio de pago del barrio, le enseña a nadar con infinita paciencia. Y van juntos al cine, a ver esas insufribles películas de superhéroes. Y, casi enseguida, hace de chófer para ese hijo suyo y sus amigos, en sus primeras escapadas al centro comercial, al cine, a ver más insufribles películas de superhéroes, y a tomar una hamburguesa. Y, sin tiempo apenas para detenerse, él, su vástago, lleva a casa a su primera novia. Y él, su padre, no puede evitar sentirse orgulloso, porque su chico ya se está haciendo hombre. Y Maxi, el padre, el profesor, se siente otra vez tan solo como un náufrago en un océano de calma. Entonces, durante un segundo, las imágenes desaparecen, aún con los ojos cerrados. La negrura más absoluta e inescrutable lo envuelve todo. Pero enseguida de esa impenetrable oscuridad nace otra imagen, tan borrosa que no parece más que el retal de un sueño. Aun así, no lo es. Y si no se muestra nítida, es porque el hombre no es capaz de abarcarla en su totalidad, de captar de un solo vistazo todos sus lados y todas sus aristas. Así que allí está, como una representación nebulosa e irreal: él, el respetado profesor de Matemáticas y jefe de estudios del mejor colegio del barrio, Máximo, el esposo y padre, el vecino, siempre de fiar, el hombre de bien, con su familia ideal y su piso de nueva construcción y su apartamento a orillas del Mediterráneo. Allí está él, sí. Allí está, en su despacho, sentado en su mesa, corrigiendo exámenes. Entonces en esa imagen todavía nebulosa irrumpe alguien. Es una chica, Verónica, una de sus alumnas. Y no solo eso. Esa chica, Verónica, es además la novia de su hijo Carlos. Y esa chica se acerca a su mesa. En sus ojos hay una mirada extraña. También se mueve de un modo extraño, a la vez tímido y descarado, apocado y sinuoso. Entonces él deja de corregir, y ella se sienta sobre la mesa, encima de los exámenes. Unos exámenes entre los que está el suyo. Casi en blanco. Su nombre, las preguntas y poco más.

El profesor, aún con los ojos cerrados, se balancea hacia delante y esconde el rostro entre las manos.

La chica, la alumna, la novia de su hijo, le habla con familiaridad. Con demasiada familiaridad. Le cuenta que su padre va a sacarla del colegio si suspende la asignatura, que tiene que echarle una mano, que es la novia de su hijo y que, prácticamente, son de la familia. Él le contesta que no puede hacer nada, que tiene que ser justo con todos los alumnos. Entonces ella se acerca más a él y, de manera casi imperceptible, le acaricia la mano. Y le dice que se ha fijado en cómo él la mira. Y le dice también que ella puede ser muy agradecida si él le aprueba la asignatura. Él, incapaz de entender, de abarcar la verdadera

magnitud de aquellas insinuaciones, no sabe responder. Y ella insiste. Él intenta rechazarla mientras ella, cada vez más cerca, cada vez más directa, se le ofrece, insistiendo en que nadie va a enterarse, que aquel será su secreto. Y cuando las manos de ella se vuelven impúdicas, el profesor reacciona, como quien despierta de golpe de un profundo sueño y, violentamente, la rechaza y la empuja fuera del despacho.

El profesor abre entonces los ojos. Está ya muy lejos de ese despacho y de ese reputado colegio de pago. Está muy lejos de aquella plácida y satisfactoria vida que era la suya.

El desvencijado sofá cama protesta bajo el peso del hombre, que se levanta con dificultad. Y la tristeza, y la estrechez, y la desesperanza que anidan en el minúsculo apartamento que le da cobijo le confirman que esa vida que se fue nunca, jamás, va a volver.

No importa que se retiraran los cargos. Ni que el juez desestimara el caso. Eso da lo mismo. Porque para todos siempre quedará la sospecha. Las palabras de la chica, sus lágrimas, las acusaciones, se abrieron un hueco en las mentes y en los corazones de todos aquellos que le conocían, cambiando para siempre el cristal a través del que le miraban. Las imágenes del que todos creían respetado profesor, esposo, padre y vecino, saliendo por la puerta del mejor colegio de pago del barrio esposado y custodiado por la policía, acusado de abusos y violación por una de sus alumnas, para más inri novia de su propio hijo, jamás van a desaparecer. Nunca nadie va a poder olvidarlas. Así que no importa que se retirasen los cargos ni que el juez desestimase el caso. No ha importado a la hora de perder su trabajo en el colegio, ni a la hora de perder a sus amigos. Ni tampoco ha importado a la hora de encontrarse, una tarde al regresar a su casa, la cerradura de la puerta cambiada. Ni a la hora de firmar los papeles de un divorcio que no deseaba, ni a la hora de ver cómo su hijo le volvía la espalda.

Latido n.º 5

Yeidy se levanta despacio de la cama que comparte con su hermano pequeño, tratando de no despertarlo. Descalza y de puntillas se dirige al cuarto de baño. Al final del pasillo puede ver a su padre, que se ha quedado dormido en el sofá del salón con la televisión encendida, con el mando en la mano izquierda y con una botella de cerveza vacía en la derecha. Ella se acerca para cerciorarse de que, efectivamente, su sueño es profundo, duradero. Una vez finalizada la comprobación, y con el mayor de los sigilos, entra en el baño y cierra la puerta, intentando amortiguar el sonido del pestillo. Durante unos segundos permanece inmóvil, en silencio, esperando algún sonido, alguna reacción. La callada voz de la noche es la única respuesta.

Yeidy se sienta sobre la tapa del váter y desbloquea la pantalla del móvil. Relee los últimos mensajes con el rostro serio y el cuerpo encogido por el frío de la madrugada.

q pasa tia no t vas a nrollar o q
venga tiaenvia m +fotosguarras pero guarras d verdad

hay mazo d tiasn l barrioq se nrollan, asi q tu veras
no m va kstar encontrar otra panxita q no sea tan estrexa

Yeidy suspira durante un segundo largo y profundo. Entonces, primero despacio y después deprisa, ya que el aire gélido tensa su piel, se quita la ropa. De reojo se mira en el espejo, aunque enseguida aparta la vista. Enciende la cámara en el menú del móvil y, tratando de no pensar en nada, obviando que eso que está haciendo no es lo que ella quiere hacer, comienza a pulsar el botón. Y el flash ilumina su cuerpo desnudo. Tres veces. Sin vestirse de nuevo, congelada por dentro y por fuera, sentada otra vez sobre la taza del váter, contempla las fotografías. Ese cuerpo que hay en ellas le resulta extraño, no es capaz de identificarse con esa chica que muestra su desnudez. Sin embargo, siente en la garganta una amargura, una aridez que también baña su alma. A pesar de todo, envía al chico, a ese que llama novio, las tres instantáneas.

Latido n.º 6

El móvil de Kini vibra sobre la mesita de noche. Desperezándose, coge el aparato y abre el mensaje que acaba de recibir.

—¡Joder! —dice en voz baja—. ¡Qué guarra la Yeidy! —añade entre dientes, pues no quiere despertar a su hermano.

Con una sonrisa en los labios, reenvía el mensaje. «El Yonan y el Indio lo van a flipar —piensa mientras comparte con sus amigos la desnudez de la chica—. Estas panchitas son todas unas guarras».

Kini devuelve el móvil a la mesita de noche y cierra los ojos. Casi enseguida vuelve a quedarse dormido, con una idea rondándole la cabeza y la entrepierna: «Tengo que convencer a la guarra de la Yeidy para que se lo monte con los tres a la vez».

Latido n.º 7

Gusto rasguea suavemente las cuerdas de su guitarra. Los primeros acordes viajan desde la Gibson SG 50 Aniversario color rojo cereza hasta el amplificador Marshall. Casi enseguida se suma la batería y, poco después, el guitarrista comienza a cantar. Ahí está también el bajo. Entre los tres interpretan una versión poco más que correcta de «Sunshine Of Your Love» de Cream. En el pequeño local de ensayo de tres metros cuadrados, el trío de músicos repite una y otra vez los temas mil veces tocados. Sin demasiada convicción, fingen prepararse para algo que saben que nunca sucederá. Se preparan a conciencia, a pesar de todo, porque si no, tal vez habrían de prestar oídos al vacío que los llama y que, enorme y árido, se abre ante ellos. Un vacío que no es solo suyo. Un vacío que se viste de futuro, de un futuro —ojalá fuese incierto— frío y desalentador. Sin embargo, los acordes de la guitarra, del bajo, el ritmo machacón de la batería, amortiguan el grito desgarrado de ese futuro sin futuro, de la inmensa nada que se les ofrece. Así que tocan. Tocan, a veces incluso con rabia, viejas canciones que ya escucharon sus padres. Unos himnos de rebeldía que quedaron en *jingles*, en melodías de anuncios de coches y de refrescos, en tonos de teléfonos móviles que rompen la seriedad de las reuniones de empresa con la voz desafinada y baldía de unos tiempos pasados que amarillearon ya desde el primer momento.

Finalmente, Gusto descuelga, sudoroso, la guitarra de su cuello.

—Bien tocado, tíos. Genial.

Sus acompañantes asienten y, casi enseguida, recogen y se despiden.

Y el chico se queda solo en el pequeño local de tres metros cuadrados, guardando la guitarra en su funda. Una guitarra que ha pagado con los beneficios generados por las cápsulas y las pastillas que vende en el parque del barrio. Unos beneficios que también financian el alquiler del local de ensayo, y los amplificadores, y el micro. Sin embargo, aparte de eso y de los pequeños caprichos que es incapaz de negar a su hermana, Gusto ahorra como una hormiguita. En el hueco que oculta el baldosín suelto que hay bajo la pata izquierda del cabecero de su cama esconde una pequeña fortuna. Montones de billetes enrollados, arrugados, casi todos sucios, seguramente con restos de haber servido de conexión entre las fosas nasales de alguien y su fiesta especial, o su fiesta habitual, o su adicción no reconocida. Y esa pequeña fortuna, ese tesoro de oscura procedencia, espera pacientemente a que su propietario decida darle un fin. O un principio.

Gusto cierra la puerta del local y, con la guitarra al hombro, bien arropada en su funda de piel, sale a la calle. Al notar el gélido viento, que le obliga a entrecerrar los ojos, se sube el cuello de la chupa en un intento de protegerse de los rigores del invierno. Y a paso lento, con la cabeza gacha, casi arrastrando los pies, se encamina a casa.

Al pasar junto al bar saluda con la cabeza a sus compañeros de grupo, que charlan distendidamente mientras se toman una caña y una ración de bravas. Y, aunque no le importaría unirse a ellos, el chico acelera el paso y se aleja, camino de casa. Su madre ya habrá salido para el trabajo, y él no quiere dejar a su hermana mucho tiempo sola. Porque todavía es pequeña y, sobre todo, porque él ha asumido la responsabilidad de ocupar el puesto de padre, de protector, que ese señor que no hizo más que dejar embarazada a su madre en dos ocasiones dejó vacante. Así que adelante, sin mirar atrás, escurriéndose entre los dedos de una adolescencia despreocupada, altiva y retadora que no es la suya. A pesar de la mercancía que guarda en los bolsillos. A pesar de los billetes que maneja como si no fuesen más que papel arrugado y sucio.

Gusto ve ya el quiosco de la ONCE que hay junto a su portal. Las tiendas del barrio están cerradas. Los bares están todos abiertos. En ellos enfrentan el miedo y las penas todos esos a los que se les hace un mundo regresar a casa. Algunos porque están siempre huyendo de sus propias vidas. Unas vidas que solo son capaces de mirar a través del filtro de alcohol que ingieren casi de forma burocrática. Otros porque no saben qué decirles a los suyos. O porque son incapaces de contemplar el pánico que se instala en sus ojos cuando se enfrentan a las facturas sin pagar, a las letras de la hipoteca o, simplemente, a la nevera vacía.

Gusto pasa junto a las puertas de esos bares apretando el paso, aferrándose a sí mismo, plantando cara al frío invierno que ha de cruzar para alcanzar la tímida calidez del hogar.

Abre la puerta y, enseguida, escucha las voces de esos

chicos que tanto le gustan a su hermana. Tras dejar la guitarra en la entrada, se encamina a su cuarto. Por unos segundos permanece junto a la puerta, observándola. Ella, con los ojos cerrados, baila al ritmo de la música facilona, de las voces que cantan en falsete. Y él sonríe al contemplar su despreocupación y siente en sus mejillas una brizna de su candidez.

Ella abre los ojos y muestra una sonrisa amplia al ver a su querido hermano mayor. Sin dejar de mirarlo ni de sonreír, continúa bailando y canta con la voz algo quebrada, tal vez matizada por un pequeño trazo de pudor, acompañando el estribillo.

Las luces de las farolas se encaraman a las paredes del cuarto, y se recrean en los pósteres que decoran la habitación. Y el edredón y las sábanas infantiles y los peluches que descansan sobre ellas se dejan acariciar también por esa luminosidad amortiguada. Y ella, la chica, cierra otra vez los ojos, y danza todavía unos instantes, al ritmo de una melodía que se va convirtiendo en silencio. Después, ella, la chica, corre a abrazar a su hermano y, tras ese fugaz abrazo, marchan los dos hacia la cocina, a calentar la cena, a cenar el uno frente al otro en la pequeña mesa plegable, a contarse las cosas del día. En ausencia de su madre. Como casi siempre.

—... bueno, es mono, aunque tampoco es para tanto... —dice Sara, pues ese es su nombre, mientras engulle los macarrones ayudada por largos y profundos sorbos de cola light.

Gusto arquea las cejas y sonríe.

—Vale, me mola bastante; pero se lo tiene muy creído. Y encima va la Vane y le dice que es clavadito al Justin Bieber.

—O sea, que parece una niña —dice él, sabiendo que va a provocar las iras de su hermana.

—Claro, sería mucho mejor que se pareciese al viejo ese del George Clooney, no te digo.

—No me negarás que con un par de coletas no estaría monísimo Justin.

—Ja, ja, me parto —contesta Sara, arrugando el hocico.

—Venga, no te mosquees. Si tampoco te gusta tanto.

—Hombre, me mola mucho más el Mario Casas. Ese sí que está mazo de bueno.

—Ay, Sarita. Te están saliendo unos modales que pareces Belén Esteban. Recuerda que solo tienes doce añitos.

—Habló el anciano.

—Anda, come y calla, que te vas a quedar canija y no le vas a gustar ni a la niñita del Bieber.

—Idiota... —responde ella entre risas y da un largo trago a la Coca-Cola.

La cena continúa, ella hablando de chicos y de sus amigas y de las cosas del insti. Y él escuchándola y bromeando y chinchándola un poco, como buen hermano mayor. Y así pasa el tiempo, y llega la hora en la que el oscuro manto de la noche lo cubre todo. Y Sara, con el pijama, «todavía de niña», puesto, dice hasta mañana y se acuesta. Y Gusto se queda solo en el sofá del salón, mirando la televisión apagada, intentando descubrir en la imagen reflejada que le devuelve la pantalla quién es ese chico de ojos tristes y qué hace allí, sentado en silencio, dejando pasar la vida.

Latido n.º 8

El viejo Román oye cómo se cierra la puerta con un golpe seco. Es su nieto Nicolás, que se va al instituto. Hace ya una hora que su hija, la madre de la «criatura», se ha marchado a trabajar. Como cada día. Y ha de ser él, el viejo anarquista, el guerrero libertario vencido en mil batallas, el que ha de ocuparse de que Nico vaya a clase, de tratar de poner algo de orden en la vida del chaval. O, por lo menos, de que no se quede en casa, durmiendo hasta el mediodía, lamiéndose las heridas de la noche. Sin embargo, y aunque Román se dijo que aquello no sucedería otra vez, y que la historia no iba a repetirse, que Nicolás no iba a ser como su hermano, sabe que de nuevo está enrolado en las filas del bando perdedor. Porque Nico cada vez llega más noches casi de amanecida, dando tumbos por el pasillo, camino del baño, a vomitar los excesos del alcohol. Y puede que de algo más.

Arrastrando los pies por el pasillo, el viejo Román entra en su pequeña habitación. El haz de luz trémula que se cuela por el ventanuco que da al patio interior ilumina con su hastiada claridad las motas de polvo en suspensión, y la vieja colcha que cubre la cama, y la mesilla de noche. En ella, junto a la lamparita, descansa una reducida montaña de libros de esos que ya nadie lee: Bakunin, Kropotkin, Malatesta, Camus y otros libertarios pisoteados por el tiempo, ese que pasa tan rápido, adelantándose a las manecillas del reloj.

Román abre el cajón de la mesilla y saca el pequeño billetero de curtido cuero marrón. Cuenta y recuenta el dinero, aunque ya desde el primer vistazo sabe que le faltan veinte euros. Y antes de ayer fueron cinco. Y antes de anteayer fueron diez. Y demasiado bien sabe de quién es la mano que hurga en su cajón y en su cartera.

Con la cabeza gacha, el hombre, que en ese momento va vestido con la piel de anciano, se quita las zapatillas de andar por casa, sentado sobre la cama. Los muelles del viejo colchón, que protestan ya por todo, protestan, cómo no, bajo el peso del viejo anarquista. Y el hombre, derrotado, se calza los zapatos, casi tan añejos como él. Lentamente, se incorpora y, ante ese gesto, otra vez protestan los muelles del colchón, como no podía ser de otro modo. Como también protestan los huesos del anciano, que de nuevo arrastra los pies por el estrecho pasillo. Con los brazos pesados como condenas, coge el abrigo del perchero. También se pone la gorra. Una gorra que bien podría ser de viejo capitán de barco. O de viejo sindicalista revolucionario. O de viejo guerrillero. O simplemente de viejo. Y después de cerrar tras de sí la puerta, en un silencio hueco como un estertor, sale a la calle.

La calle se va desperezando a su paso, pero él camina con el ritmo de un funeral. Y mientras camina no puede apartar de su mente la imagen de Andrés... Andresito..., su otro nieto. Ese niño alegre con el que iba a la orilla del río, al caer la tarde, a botar pequeños barcos de corcho y papel, intrépidos navíos en pos de un océano inalcanzable. Andresito, sonriendo a su abuelo, unos cuantos años más tarde, con la boca oscura e incompleta, jurando que estaba limpio, que ya no tomaba nada, que lo había dejado. Andresito, esa sombra, ese despojo de hombre, caminando renqueante por los descampados del barrio, con las venas y el alma llenas de agujeros, con la sangre y el tiempo envenenados. Ay, Andrés... Andresito... Y ahora Nicolás. Ahora Nico.

Román, con los brazos caídos, rendido como un preso, se dirige hacia su quiosco, que, como cada día, está esperándolo, solitario y triste. Tan cerca y tan lejos del parque espera el viejo quiosco, como esos niños que, en silencio, inmóviles, muy tiesos, aguardan su turno junto al campo de juego, anhelando ese gesto que, por fin, les haga cruzar la línea que divide su vida de la de los demás niños.

Con la llave que cuelga siempre de su cinturón, Román abre el negocio. Un negocio que se muere; porque cada vez son menos los que compran el periódico. Y ¿para qué van a hacerlo, si pueden leerlo en internet sin tener que rascarse el bolsillo?

El viejo coloca con mimo y en lugar preferente, para que queden bien a la vista de los clientes, las revistas del corazón. Y suspira al hacerlo. Porque resulta sarcástico que sean esas revistas que él tanto detesta las que aún logran mantener a flote el quiosco. Eso y los cromos de fútbol. Y también los cigarros sueltos que vende a los chavales. Aunque eso sea ilegal, a él le trae sin cuidado porque su viejo y terco espíritu anarquista y libertario se niega a acatar todas esas leyes que arrojan los políticos como si fuesen caramelos. O piedras. O dardos envenenados. Eso, al menos, es lo que él piensa. Así que sigue a lo suyo aun cuando, y eso a veces no puede evitarlo, se sienta como si su vida fuese una farsa. Porque él, que lee a Bakunin, a Kropotkin y a Malatesta cada noche, se ve en la obligación de intentar encadenar a su nieto, de privarle del derecho de decidir su camino, de gobernar su vida. Si bien esas decisiones y ese gobierno lo conducen al pozo en el que ya está su hermano mayor. Por eso, y eso a veces tampoco puede evitarlo, se descubre juzgando, armado con la misma inflexible vara que portan esos reaccionarios a los que ha combatido toda su vida. Y no juzga solo a su nieto Nicolás. También juzga, al menos de tanto en tanto, y con más dureza si cabe, a ese chico alto que, con las manos en los bolsillos, se acerca como cada mañana a saludarlo.

—Buenos días, Román —dice Gusto, alzando levemente la cabeza—. Vaya frío.

—Hola, chaval —responde mientras continúa colocando las revistas.

Una moto, una Aprilia RS50, pasa a gran velocidad rompiendo con su rugido el fino cristal que lo protege todo a esas horas de la mañana. La moto bordea el parque y desaparece de su vista y de su oído. Aunque el cristal, o la escarcha, ya es irrecuperable.

—¿Cómo va el negocio? —dice Gusto, para poner voz a ese silencio quebrado.

—Como yo. Muriéndose.

—Hoy estamos optimistas.

El viejo Román no contesta. Pero sus pequeños ojos azules miran al chico con todo el miedo del mundo.

Latido n.º 9

—¿Has visto al Andrés?

En la cara del yonqui se ve enseguida que no sabe de qué le están hablando. A duras penas es capaz de concentrarse en algo que no sea buscarse el sustento, echarle de comer al insaciable bicho que habita sus venas.

—Al Chinas. ¿Le has visto o no?

—Ah, el Chinas —dice arrastrando lentamente las palabras y con la boca muy abierta, como una tortuga vieja. Y casi con el mismo número de dientes.

—¿Le has visto o no?

—Tranqui, colega, no te rayes.

«Joder, yonqui de mierda, ¿eres incapaz de contestar a una pregunta?», dice Nico para sus adentros. Sin embargo, tragándose la ira y el desprecio por ese despojo humano, sucio, desnutrido y desdentado, frena la lengua y vuelve a preguntar:

—¿Has visto al Chinas o no le has visto?

—Que sí le he visto, chaval, que no te rayes.

—Vale, tío. Y ¿sabes dónde está?

—Sí, colega. Está en la Estándar. Fijo que está en la Estándar.

Nico sabe de qué le habla. Se refiere a las viejas oficinas abandonadas que hay junto a las vías del tren. Por un instante le entran ganas de darse una leche a sí mismo. Tenía que haber ido directamente allí, así se habría ahorrado esa estúpida conversación. Todo el mundo en el barrio sabe que la Estándar es el «centro social» de los yonquis. Allí se reúnen los adictos al caballo y al crack, en busca de un lugar tranquilo en el que poder colocarse. O, simplemente, van allí buscando un refugio en el que ser capaces de cerrar los ojos y descansar. Tal vez para siempre.

Sin embargo, y aunque Nico se convence a sí mismo de que está de vuelta de todo y de que a él «esos yonquis de mierda» no pueden ni tocarle, siente un nudo en el estómago cuando se encuentra frente a las viejas oficinas abandonadas de la Estándar. Y, pese a que en lo más hondo de su ser desearía salir de allí corriendo como alma que lleva el diablo, se arma de valor y entra en las ruinas oscuras y hediondas.

El pestazo a orines, a desechos de todo tipo, incluso el penetrante perfume de la muerte, le golpean como un inesperado puño. Por un momento cree que no va a poder controlarse y que va a echar allí mismo el desayuno a medio digerir; pero, con el mayor de los esfuerzos, se aguanta, y el vómito, que ya había iniciado la carrera ascendente, regresa a su lugar de origen dejándole, eso sí, un regusto ácido y amargo en la garganta.

En casi cada esquina, tras cada puerta y cada pared hay un guiñapo con la aguja aún colgando del brazo, con la mirada perdida, o fumando una pipa mugrienta, o simplemente tratando de continuar respirando. Pero ninguno de ellos es Andrés, «el Chinas».

Nico sale de la vieja fábrica abandonada de vuelta al mundo de los vivos, y respira hondo un aire que huele a contaminación y a desánimo. Un aire cotidiano, de consumo diario. Y con ese aire trata de limpiarse el hedor a muerte, a piltrafa, a «yonqui de mierda». Un olor que odia, que, en lo más profundo de su ser, actúa como un resorte, como un disparador que lanza contra su consciencia los recuerdos de gritos, de peleas, de un hermano hundido en las tinieblas, de una familia rota por la aguja que, punzante y ennegrecida, permanece petrificada al final de una jeringuilla. Aunque, en lo más profundo de sus profundidades, esas que están aún más hondas, el asco que siente ante aquella peste, ante la simple visión de los rostros demacrados y de sus miradas vacías y perdidas, tenga más que ver con el terror que le produce la inescrutable oscuridad del pozo en el que, poco a poco, él mismo se va hundiendo.

—¡Nicolás! —aúlla una voz que, a pesar de todo, le resulta familiar.

Cruzando por debajo de los restos oxidados de una verja de alambre aparece el Chinas. Andrés. Su hermano mayor. Va vestido con unos pantalones de chándal tres tallas más grandes, unos zapatos que en algún momento debieron de ser elegantes, y una sucia y raída cazadora vaquera, forrada con una mugrienta imitación a borrego.

—Nico, coleguita, hermanito...

Nicolás permanece inmóvil, agarrado a sí mismo como un náufrago a una tabla, haciendo esfuerzos para no salir por patas.

—¿Qué pasa, Nicolás? ¡Qué alegría verte! —dice Andrés «el Chinas», abrazando a su hermano pequeño con los brazos delgados y secos como las ramas de un árbol muerto.

—Hola...

Nico esquiva la mirada desenfocada de su hermano y, sin poder evitarlo, centra la atención en su boca. Los labios, finos y ajados como cuchillas sin filo, agrietados, surcados de sangre seca, dejan entrever los pocos dientes que aún se aferran a las encías. Unos dientes negruzcos, unas encías inflamadas. Una boca decrépita y putrefacta. El aliento caliente y avinagrado invade el aire que hay entre los dos hermanos y, otra vez, Nico siente ganas de vomitar.

—Dichosos los ojos... ¿Cómo está la vieja? ¿Y el abuelo? Sigue vivo, ¿no?

—Sí... Claro... Están todos bien...

—Joder, Nicolás, dichosos los ojos —repite Andrés, abrazando a impulsos a su hermano, y dándole temblorosos besos en las mejillas.

Nico siente como si fuera a reventarle el pecho. No es capaz de soportarlo. Sin embargo, debe hacerlo. Tiene que hacerlo.

—Venga, hermanito, vamos a tomarnos unas cañas, que yo te invito... ¿Tienes algo de pasta que dejarme, coleguita?... Venga, tío, pásame algo de lana...

—Esto... Sí... Toma —dice Nico, entregándole el billete de veinte euros que hasta hace poco pertenecía a su abuelo.

—¡Veinte pavos! ¿Es que has atracado un banco?... No, que es coña... Gracias, chaval. —y otra vez le abraza y le besa—. Venga, vamos a por esas cañas.

Entonces Nico se detiene y agarra a su hermano por la manga de la gastada cazadora vaquera.

—Necesito que me hagas un favor.

—Joder, lo que sea por mi hermanito. ¡Cuánto tiempo, coño, dichosos los ojos! Por cierto, la mama y el abuelo bien, ¿no?

—Necesito...

—¡Que sí, joder, lo que sea! —grita Andrés—. Pero vamos a por esas cañas, que a ver si no va a poder uno invitar a su hermano a unas cañas...

—Necesito una moto para el viernes. ¿Tú podrías...?

—¡Una burra y un puto portaaviones! ¡Pa mi hermanito lo que sea!

—Es en serio...

—¡Que sí, coño! Ahora me cuentas. Pero primero las cañas...

Nico sigue a su hermano hasta un bar cercano.

—¡Un par de cañitas, jefe! ¡Y póngase unas cortezas o algo! —dice mostrando el billete de veinte euros. Ese que era de su abuelo.

Finalmente, ya con las cervezas servidas y el poco lustroso aperitivo acompañándolas, Andrés «el Chinas» escucha con atención el favor que su hermano pequeño ha ido a pedirle.

—Sin problemas, hermanito. Déjalo de mi cuenta. Como me llamo Chinas que tienes la burra para el viernes. ¡Qué coño para el viernes! ¡Pal jueves, joder! ¡Pa que vayas haciéndote a ella!

—¿Seguro?

—Que sí, tío, no te rayes. Mi colega el Pincho sabe dónde pillar una buena burra.

—Pero... Que no sea un cacharro...

—¡Que no, coño, que estás hablando con el Chinas! Calidad de la buena. Y para mi hermanito una burra de las guapas. A ver, ¿cuál te mola? Díselo al Chinas que el Chinas te la consigue.

—No sé —dice Nico, aunque sabe muy bien lo que quiere—. Una Aprilia RS50 estaría mazo de guay.

—¡Qué coño de cincuenta! ¡De cien! ¡O de doscientos! ¡Pa mi hermanito una burra bien guapa! ¿Que no?

Nico sonríe. Sabe que Andrés es un tío de palabra. Siempre que no se le vaya la pinza y se le olvide completamente esa conversación. Además, si alguien puede conseguirle la moto para el viernes, ese es el Chinas. Y tampoco duda de las amistades de su hermano a la hora de pillar lo que haga falta. Nadie, en todo el barrio, lo duda.

—¡Joder, tío, dichosos los ojos! ¡Eh, jefe, aquí donde lo ves, el guaperas este es mi hermanito! ¡El Nico, no te jode!

El chico sonríe. Y por unos segundos, olvida el olor a yonqui de su hermano, y su pelo grasiento de yonqui, y su ridícula ropa de yonqui, y su destrozada boca de yonqui. Y durante esos pocos segundos, vuelve a ser Andrés, el que le enseñó a atarse los cordones de las zapatillas, a jugar al fútbol y a hablar a las chicas.

—¡Jefe, otro par de cañitas! ¡Y ponte unas olivas! ¡De las rellenas! —grita el Chinas, ante la indiferencia de la parroquia—. Y tú no te preocupes y fíate de tu hermano, que la burra esa la tienes para el viernes. Por estas —añade besándose con decisión el pulgar y el índice.

Y Nico sonríe de nuevo. Porque sabe que, a pesar de todo, puede contar con su hermano.

«Jódete, Charly, pijo de mierda», piensa, imaginándose ya a los mandos de la moto, con Ainhoa de paquete: primero a recorrer el barrio «a toda caña», y después a la parte de atrás del insti, o al polígono, lejos de miradas curiosas. Aunque, para ser sincero, tiene que reconocer que no le importaría nada montárselo con ella delante de todos. Especialmente delante de Charly. «Pijo de mierda».

Poco a poco, el bar se va llenando de gente. Se acerca la hora de la comida, y los trabajadores, los obreros, los mecánicos, acuden hambrientos, dispuestos a devorar el menú del día. Hoy, judías pintas con costillas y huevos fritos con chorizo y patatas fritas.

—Venga, hermanito, vámonos ya, que esto se llena de currelas.

—Yo tengo que volver al insti.

—¡No jodas, tío! Estás hecho un empollón.

Nico sonríe. «Sí, un empollón de la leche». Y aunque su hermano insiste en que le acompañe a hacer no sé qué cosa y a ver a no sé qué colega, el chico se despide y, con un rápido beso fraternal, se marcha. Es verdad que se dirige hacia el instituto, pero desde luego no tiene la menor intención de asistir a clase. Se quedará rondando por el parquecillo de enfrente, o sentado en el capó de algún coche, matando el tiempo, fumando un porro, esperando a que suene el timbre y todos salgan. Esperando a que ella salga.

Latido n.º 10

Alicia llega corriendo a su casa después del trabajo. No tiene más que una hora para comer, cambiarse y marcharse de nuevo, ahora al otro trabajo, del que no volverá hasta bien entrada la noche. Todo ese esfuerzo, esas carreras, para conseguir apenas novecientos euros cada mes. Una cantidad que no alcanza. Por eso, y porque su familia no puede dejar de comer, o de vestirse, o de pagar la luz y el gas, no ha podido afrontar las letras de la hipoteca. Y por todo eso, en el cajón que hay en la mesilla de noche, junto a su almohada, se apretujan ya junto a otras muchas notificaciones tres avisos judiciales, advirtiéndoles de la inminente ejecución del desahucio.

Alicia abre la puerta y, enseguida, llega a su nariz el aroma que se expande desde la cocina. Huele muy rico, a fréjoles, que aquí llaman judías o alubias, y chiles, que aquí llaman guindillas, y a papas, que aquí llaman patatas, y a carne de chancho, que aquí llaman cerdo, y a tocino, que aquí también llaman tocino.

—Hola, mijita —dice la mujer, acercándose por la espalda a la joven y estrechándola por la cintura.

—Hola, mami.

—Huele bien rico. ¿Le pusiste suficiente chile?

—Sí, mami. Dos grandecitos.

—Ay, qué sabroso. ¿Y papi?

La chica frunce el ceño.

—Aún no llegó.

—¡Qué bueno! ¡A lo mejor encontró trabajo y por eso se le hizo tarde!

—¡Ja! ¡Trabajo va a encontrar! Si no hace más que holgazanear y andar todo el día sin hacer nada. Tomando cerveza, eso sí. Eso que no le falte.

—Ay, Yeidy, no seas así, mijita —dice con voz dulce la madre, y le da un sonoro y apretado beso en la mejilla.

«No seas así, no seas así —piensa la chica—. Si tú fueras un poco más así, seguro que papi habría encontrado ya un trabajo, de lo que fuera, y no tendríamos que estar todo el día muertas de miedo, esperando a que llegase la policía para echarnos a la calle». Sin embargo, y aunque ella se siente un poco mejor al pensar eso, bien sabe que no es cierto. Aunque su padre fuera más insistente, aunque no se rindiera tan fácilmente, aunque no se sintiera tan cómodo rendido a los brazos del desánimo, el sofá y la cerveza, es muy probable que tampoco encontrara trabajo. Allí ya no hay trabajo para nadie. Y mucho menos para ellos: extranjeros, inmigrantes, sudacas, panchitos, indios, tiraflechas... Además, ¿quién es ella para reprocharle a su madre la actitud sumisa? ¿Quién es ella para echarle en cara que, cuando llega a casa rendida, después de la dura jornada de trabajo, esté siempre dispuesta a traerle a él más cerveza, o a prepararle algo de comer, o a cumplir con sus demandas de hombre, de macho, aunque no tenga ninguna gana, aunque lo único que desee sea dormir? Porque ella, Yeidy, que es de otra generación, que estudia Secundaria en un país moderno, igualitario y paritario, obedece sin rechistar cuando su novio, que también es de otra generación y que también es español, como ese país tan moderno, igualitario y paritario, le exige que se fotografíe desnuda, o que haga con él cosas que ella no quiere hacer.

Yeidy introduce la cuchara en la olla y se gira hacia su madre.

—Prueba.

—Mmmm... Sabe bien rico. Y bien picante. Como le gusta a tu papá.

«Como le gusta a mi papá... Todo como le guste a mi papá», se dice en silencio, antes de bajar la mirada al suelo para ver, como si se proyectasen en el suelo de la cocina, de nuevo esas fotos suyas, de su desnudez. Unas fotos que, aunque no quiera admitirlo, aunque se repita una y otra vez que no es así, que él solo las quiere para recordarla cuando no está con ella, para sentirla más cerca, sabe muy bien que han de pasar de ojo en ojo, de mano en mano.

—¿Comemos ya? —pregunta con un nudo en la garganta, tratando de concentrarse en los aromas que impregnan el aire.

—Ay, mijita, ¿y si viene tu papá? ¿Esperamos un ratito más?

Latido n.º 11

Máximo entra en la clase de tercero de la ESO. Los alumnos ya están todos sentados, y un silencio contenido, como de gritos envasados al vacío, impregna la atmósfera. Le miran parapetados tras sus párpados y sus cabezas gachas, escondidos tras pestañas y flequillos. El profesor de Matemáticas, alto, algo fofo, algo calvo y algo viejo, se dirige hacia su mesa, la mesa del profesor, con los andares pesados, como si llevara atados a los tobillos todos sus excesos y también todos sus defectos. Pasa junto a la pizarra sin detenerse, sin prestar atención a las letras grandes que hay escritas con tiza en ella. Letras mayúsculas, palabras también mayúsculas.

Sentado en la silla, en la que se ha dejado caer como un fardo, gira el cuello, más por inercia que por interés, y lee: MÁXIMO VIOLADOR. Subrayado dos veces.

Lentamente, con la parsimonia que confiere la derrota, vuelve la cabeza hacia los alumnos. En los ojos pequeños del profesor, brillantes, aún más brillantes tras los cristales de sus gafas, se reflejan las caras contraídas de los alumnos. Sus rostros púberes, sus pieles colonizadas por el acné, sus dientes amurallados de *brackets*, se retuercen, se deforman, se distorsionan intentando contener las carcajadas, las risas burdas. Unas risas que, sin duda, sonarán a turba, a chusma.

El profesor, agarrado a los brazos de la silla giratoria, se incorpora. En silencio, aún más despacio que al entrar, camina hacia el extremo más alejado de la pizarra. Su cuerpo, grande y algo fofo, parece a la vez enorme y minúsculo, ridículamente enorme, cómicamente minúsculo, mientras extiende los dedos torpes, tratando de agarrar el borrador. Pero este objeto, tal vez conchabado con todos, o reclamando su parte de protagonismo en la tan jocosa humillación, cae el suelo. Y los músculos apretados de los alumnos, sus mandíbulas flojas, son incapaces de aguantar más. Las carcajadas retumban en las paredes, y en los grandes ventanales, y en el techo, y van de clase en clase, de piso en piso, recorriendo el instituto como una veloz plaga de langostas. Y mientras tanto, el profesor se agacha, torpemente, a recoger el borrador.

Cuando se incorpora, continúan las risas. Cuando borra las letras mayúsculas, las palabras mayúsculas, subrayadas dos veces, continúan las risas. Y continúan cuando regresa a su mesa y a su silla. La mesa y la silla del profesor.

Poco a poco, los pulmones y las mandíbulas se cansan, y las risas se van apagando.

Cuando están, otra vez, todos los alumnos en silencio, Máximo, el profesor de Matemáticas, los mira. A todos y a ninguno, como si fuesen un ente amorfo, o un horizonte lejano, extraño y hostil. Los mira como se miraría un río desbordado que se ha de cruzar, o un enorme muro sin puertas que se ha de franquear.

Finalmente, con un hilo de voz, se atreve a decir:

—Repasad el tema cuatro.

De vuelta en casa, si es que así puede llamarse a ese apartamentucho en el que malvive, Máximo se sienta en el sofá cama. Otra vez se deja caer, rendido incondicionalmente a la gravedad.

Mira primero al suelo, pero la visión de las punteras gastadas de sus zapatos le produce náuseas. Mira entonces al techo, pero las humedades amarillentas le despellejan el alma.

Tras unos segundos con la vista deslizándose por los contornos de esas dos extrañas figuritas de porcelana que hay sobre la repisa y que le resultan tan deprimentes, saca el móvil de la chaqueta. Un móvil viejo, pequeño y arañado ocupa ahora su mano porque, en un ataque de furia, o de violenta desesperanza, el smartphone voló hasta hacerse añicos contra la pared, ¿o tal vez fue contra la puerta? Pulsando las teclas, tan reducidas y esquivas, busca un número, un sustantivo, que le resulta a la vez familiar y extraño: casa.

Finalmente, llama.

—¿Diga?

—Hola, Mari Carmen. Soy yo.

Silencio.

—¿Qué tal estáis?... ¿Qué tal estás?

Más silencio.

—¿Está Carlos?... Me gustaría hablar con él.

Ella respira hondo. Inspira y espira por la nariz, con las fosas nasales abiertas como esclusas. Y él, que ha contemplado ese gesto tantas veces, puede imaginarlo desde el otro lado del teléfono, casi sentirlo.

—Me gustaría hablar con él —repite.

—Está estudiando.

—Será solo un momento.

—No sé si querrá ponerse...

—Mari Carmen, por favor...

Otra vez esa respiración.

—Voy a ver.

Máximo escucha cómo deposita el teléfono en la mesa. Por el ruido, no es capaz de distinguir si se trata de la mesilla auxiliar que hay junto al brazo derecho del sofá o si lo ha dejado encima de la mesa baja de centro, junto a las revistas y a algún libro de esos que le gustan a ella. De esos que dan unas respuestas que sirven para todos y no sirven para nadie. Enseguida, escucha sus tacones, claqueteando contra el parqué, alejándose por el pasillo. Luego, durante un rato, silencio.

Los tacones regresan, y el teléfono se separa de la mesa, la auxiliar o la de centro, sobre la que esperaba.

—No quiere ponerse —dice ella sin más, sin preámbulos ni lubricantes.

—Pero...

—Ya te he dicho que estaba estudiando.

—Pero... Es mi hijo... Soy su padre...

—Bueno, eso deberías haberlo pensado antes.

—¿Antes?

—No me hagas hablar...

—Pero ¿de qué estás hablando? Yo soy su padre.

—Ya te he dicho que haberlo pensado antes. Antes de humillarlo así.

—¿Humillarlo? ¿A Carlos?

—¿Cómo crees que se sintió cuando se enteró? ¿Crees que le hizo gracia saber que su padre se tomaba esas confianzas con su novia? ¿Crees que le gustó que todos se enterasen?

Él calla un instante, tratando de reaccionar.

—Sabes que yo no hice nada. Fue ella... —dice por fin.

—Ya. Esa es tu versión.

—No es mi versión. Es la verdad.

—Seguro.

—El juez desestimó el caso. Y retiraron los cargos.

—Para no hacer sufrir más a la pobre Verónica.

—¿La pobre Verónica? ¿Por qué tienes que ponerte de su parte?

—Yo solo me pongo de parte de mi hijo.

—También es hijo mío.

—Haberlo pensado mientras abusabas de su novia.

—¡Eso es mentira! Yo nunca la toqué. No había ninguna prueba, y el juez...

—Ya, el juez... Y las pruebas...

—Mari Carmen, por favor, no me hagas esto.

—Lo único que yo hago es proteger a mi hijo.

—¿De quién? ¿De mí?

—...

—¿Por qué quieres hacerme daño?

—¿Hacerte daño? ¿Hacerte daño? ¡Tú no sabes qué es que te hagan daño! ¡Tú no tienes ni idea de lo que es encender la televisión y encontrarte con tu marido detenido por violar a la novia de su propio hijo!

—¡Yo no hice nada!

—Eso cuéntaselo a la gente. No tienes ni idea de lo que es salir a la calle y que todos te señalen, que te den de lado. Sin que hayas hecho nada para merecerlo.

—Por supuesto que lo sé.

—Pues si lo sabes, lo mejor que puedes hacer es alejarte de nosotros. Dejarnos en paz. Así, a lo mejor, dejarían de mirarnos como nos miran.

—No es culpa mía.

—¿No? ¿Y de quién es, entonces? ¿Acaso es culpa mía? ¿O de tu hijo?

—Por favor, Mari Carmen, yo no he dicho eso.

—¿Es culpa de Vero? ¿Eso quieres decir?

—Pues sí. Es todo culpa suya.

—Deja ya de echar tu basura sobre la pobre chica. Es la novia de tu hijo.

—¿Qué? ¿Novia de Carlos?... ¿Han vuelto?

—Sí. Carlos siempre la ha apoyado, y eso ella no lo olvida. A pesar de ti.

—Pero no puedes permitirlo. No puedes dejar que nuestro hijo esté con alguien así.

—Ya está bien. No quiero oír ni una palabra más.

—Mari Carmen...

—Y no quiero que vuelvas a llamarnos. Ni que te acerques a nosotros. Jamás.

Silencio al otro lado. Y, esta vez, la respiración agitada, con la boca abierta, como un pez fuera del agua.

—Mari Carmen, lo siento mucho. Comprendo lo que has tenido que pasar, lo que habéis tenido que pasar; pero sois... Carlos es lo único que tengo. Lo único que me queda. Esto me está matando. A veces no puedo pensar más que en terminar con todo de una vez.

Tras un largo e incómodo silencio, ella responde.

—Eso sería lo mejor. Estaríamos mucho mejor si estuvieras muerto.

—Mari Carmen...

—Y no soy la única que lo piensa...

Ella se toma su tiempo para lanzarle el golpe.

—... Carlos también.

Y él recibe ese golpe. Y siente cómo los pedacitos de su alma rota, apenas unidos en precario equilibrio, se separan los unos de los otros, dejando un vacío en su pecho que se expande como un universo.

—Así no tendría que avergonzarse cada vez que alguien le pregunta por su padre.

Máximo sujeta el teléfono en el aire, lejos ya de su oreja. No se siente capaz de escuchar nada más, y se queda así, como una estatua de sal, congelado, paralizado por unas palabras que son de hielo.

Después de unos segundos, ella cuelga. En su lengua y en sus venas se mezclan la saliva, la bilis y la sangre. Una parte pequeña y oscura de su alma se da por satisfecha.

Una parte también pequeña de su venganza se ha consumado. Ha clavado el puñal, ha retorcido la hoja en la herida y ha echado en ella la sal y el vinagre. Y le da igual si lo que le dice el que fuera su marido es cierto. Ya da lo mismo si violó a la chica o no lo hizo. Lo único que importa es que la vida perfecta en la que se sentía segura y realizada se rompió y no puede recomponerse. Y todo por la culpa de ese hombre que, una vez, creyó también perfecto. Un hombre que no supo mantener intacta la burbuja que ella se había construido. Así que, por un instante, saborea la hiel y se relame, imaginando al hombre hundido, empequeñecido, agazapado en su minúscula guarida. Pero ese instante pasa enseguida, se desvanece. Y la gélida vergüenza regresa, y ella, otra vez, ha de encontrar abrigo en el rencor y en el odio.

Latido n.º 12

El sonido de una ambulancia lejana llega a sus oídos amortiguado por el bosque de edificios que los separa y por los cristales que guardan la casa del frío exterior. Román y su hija Marisa giran la cabeza un segundo hacia ese sonido de manera instintiva; pero enseguida vuelven a posar la vista en los platos vacíos, en la olla del puré de verduras que se enfría y en la fuente del pescado rebozado que, escondido bajo la protección del papel de aluminio, intenta mantener el calor. Y después, como desde hace ya un rato, se miran a los ojos fugazmente, para mirar después al techo, o al mantel raído, o a cualquier o a ningún sitio.

Marisa gira la muñeca y comprueba por enésima vez la hora en el reloj de pulsera.

—No tardará —dice el viejo Román, con la voz pausada, tratando de convencer a su hija de algo de lo que él no está en absoluto convencido.

Marisa menea la cabeza y aprieta los labios.

—Sabe perfectamente que tengo que acostarme temprano.

—Estará al caer —añade Román como un mantra gastado.

Marisa baja la cabeza, cierra los ojos y, de pronto, da un golpe en la mesa.

—¡Ya está bien! ¡Todas las noches lo mismo! ¡No tiene la menor consideración!

—Mujer, no te pongas así —dice él, tratando de calmar los ánimos.

—¡Me pongo como me tengo que poner!... Y tú no le defiendas. Ya has cubierto tu cupo. Con este y con el otro.

Román agacha la cabeza. Sabe muy bien a qué se refiere su hija, porque no es la primera vez que se lo echa en cara.

—¡No pienso tolerarlo! ¡Otra vez no!... ¡Le pongo las maletas en la puerta!

—Marisa...

—¡Ni Marisa ni nada! ¡Ya está bien! ¡Ya está bien!

Ella se levanta de la mesa, arroja con rabia la servilleta sobre el plato vacío y se va a su cuarto. Por la inercia que genera con el brusco movimiento, la silla se inclina y, finalmente, cae al suelo. Y el golpe casi se solapa con el portazo que retumba al final del pasillo.

Román espera unos segundos, contemplando en silencio el aire vacío que su hija ha dejado atrás. Lentamente, arrastrando las zapatillas de andar por casa, el viejo se acerca a la silla caída y la recoge. Con mimo la coloca en su sitio y, otra vez, vuelve a sentarse. Con los ojos vidriosos mira la puerta de la calle, rogando a alguien en quien no cree que se abra enseguida, y que por ella aparezca su nieto Nicolás. Y ya puestos a rogar, que aparezca también su otro nieto, Andrés, Andresito, con su sonrisa pícara y todos sus dientes. Como antes. Pero la puerta permanece cerrada, sorda y muda ante las plegarias de un viejo descreído.

Al final del pasillo, tras la puerta también cerrada de su cuarto, se escuchan los sollozos apagados de Marisa.

Román se cubre los ojos con las manos y, en el más absoluto y sepulcral de los silencios, abre las compuertas a unas lágrimas desaladas y acompaña a su hija, compartiendo con ella el dolor y el miedo que ya conocen tan bien.

La puerta, que permanece cerrada, si fuera algo más que una puerta desearía abrirse, para así mostrarles que están equivocados, que esta vez sí que se equivocan, que Nico no es más que un chaval atolondrado, egoísta y despreocupado, al que se le van las horas como si fuesen minutos, tal vez charlando de fútbol con los amigos, o besuqueándose con una chica en las intimidades de un portal oscuro. Pero la puerta permanece cerrada, sorda y muda ante las plegarias de un viejo descreído.

Latido n.º 13

—¡Qué pasa, chaval! ¡Ese hermanito guapo! ¿Que no?

Nico se da cuenta enseguida de que su hermano va puesto hasta las cejas.

—¡Ey, Pincho, este es mi hermano! Nicolás, mi hermanito pequeño. El peque, ¿sabes?

—Hola, Andrés.

—Un abrazo, joder, tío, sangre de mi sangre.

Andrés «el Chinas» está a punto de desplomarse sobre su hermano, pero, sorprendentemente, recompone el equilibrio y recupera, más o menos, la verticalidad.

—Eh, Nico, este es mi colega, el Pincho... ¡Ey, Pincho! ¿No te había dicho que tenía un hermano de puta madre?... Ey, Nico, que el Pincho es un colega mazo de legal, ¿sabes?, un colega ahí, to legal, ¿sabes?, un colega de los que... ¡Pincho! Vente pacá, joder, que te voy a presentar a mi hermanito, coño...

—Qué pasa —se limita a decir Nico.

El tal Pincho menea la cabeza a modo de saludo, sin sacarse las manos de los bolsillos de la chupa de cuero, y muestra una sonrisa descabalgada y siniestra.

—Dabuten, colegas, dabuten. Todos mazo de colegas...

Andrés trastabilla de nuevo y, esta vez, tiene que apoyarse en el capó de un coche aparcado para no dar con sus huesos en el suelo.

—Eeeeh, tranquis, que el suelo este no se está quieto, ¿que no?

Nico baja la cabeza. Odia ver así a su hermano. Y si pudiera verse muchas noches, si fuese capaz de observarse con los ojos de un extraño, también, en esas ocasiones, se odiaría a sí mismo. Sin embargo, eso todavía no ha pasado.

—¡Vamos, hermanito, alegra esa cara, que el Chinas es un tío de palabra! —grita Andrés mientras recupera cierta compostura—. Venga, chaval... Vente ahí... Venga... —añade, señalando con la cabeza y el brazo, que no se sabe estar quieto, hacia un lugar indeterminado.

Enseguida comienza a caminar hacia ese lugar, siguiendo una sinuosa línea que desearía ser recta por la acera que bordea el descampado que hay junto a la estación de cercanías del barrio. Nico le sigue y, unos pasos por detrás de él, va ese tal Pincho. Con las manos en los bolsillos de la chupa de cuero, las piernas, largas y delgadas como palillos, embutidas en unos ceñidos vaqueros nevados, y los pies, grandes como canoas de indio, conteniéndose los pasos dentro de unas zapatillas de baloncesto a la moda en otra época.

Al sentir la presencia a su espalda, Nico vuelve la cabeza un instante. Y allí está otra vez la sonrisa, descabalgada y siniestra. Y otra vez el meneo de cabeza.

—Ya verás, hermanito, que el Chinas es un tío de puta madre.

Finalmente, Andrés se detiene junto a unos contenedores de vidrio y de cartón. El olor a cerveza vieja y a vino pasado impregna el aire con su aroma denso y ácido. Y también está ese otro olor, más dulce, incluso más húmedo, a cartón mojado.

—Mira qué guapa —dice Andrés señalando una enorme moto negra que hay aparcada tras los contenedores—. Justo la que tú querías, hermanito, ¿a que sí?

«¿La que yo quería? A Andrés se le ha ido la pinza», piensa Nico con la boca abierta y sin poder apartar los ojos de la moto. Allí, a tan solo un metro de él, esperándolo, tiene una Ducati Monster 696. ¡Y está nuevecita! Bueno, obviando un arañazo que hay en el lado derecho. «¡Una Monster 696!», ¿cómo se le iba a ocurrir pedirle a su hermano semejante bicho?

—Guapa la burra, ¿eh?...

—Joder, macho...

Andrés sonríe orgulloso, mientras pasa el brazo por el hombro de su hermano.

—¿Qué te había dicho? Para el jueves, ¿no? Y ¿hoy qué es? ¿Jueves, no? Pues eso.

—Pero... Yo no tengo carné para esto...

Andrés le da un cariñoso empujón a Nico y comienza a reír, aireando su boca mellada y podrida.

—Ni papeles, no te jode...

Ese tal Pincho ríe también, muy divertido, al parecer, por la ocurrencia de su colega.

—No te jode... —sisea el tal Pincho a través de su descabalgada y siniestra sonrisa.

Andrés abraza a su hermano y, finalmente, Nico también ríe. Ríe imaginando la cara de Ainhoa cuando lo vea llegar montado en ese pedazo de moto. Ríe imaginando la cara de Charly, subido en su RS50, que ahora se le antoja ridícula, insignificante. Ríe imaginándose con Ainhoa detrás, agarrada a su cintura, tumbando la aguja del velocímetro por la desiertacarretera nocturna. Y ríe imaginándose lo que pasará después, cuando paren en algún rincón apartado, y él le haga a ella, y ella le haga a él, todas esas cosas que tantas veces ha imaginado.

Entonces, cuando las risas se acaban, ese tal Pincho se acerca a Andrés y se lo lleva a un aparte. Y en su cara ya no hay ni rastro de la sonrisa descabalgada y siniestra.

—¡Que no, joder!... Colega, ya te lo había dicho... Es mi hermano... Sangre de mi sangre... ¡Que te he dicho que no, mierda!... ¡Que la burra se la regalo yo si me sale de los santos cojones!... Que si el Chinas promete una cosa, la cumple... ¿Qué dices?... ¡Al Nico ni lo nombres, hijoputa, que te arranco la puta cabeza! ¿Oyes? ¡Te arranco la cabeza!...

Nico escucha junto a la moto. La conversación, cada vez más violenta, llega a sus oídos de manera intermitente, pues solo se escucha la voz de su hermano, ya que ese tal Pincho apenas susurra.

—No me vengas con estas... Venga, joder, que somos colegas... ¡Ese Pincho! ¿Que no?... ¿Somos colegas o no somos colegas?...

Finalmente, las aguas parecen volver a su cauce y el ambiente se calma. Incluso Andrés, que parece tener superávit de abrazos, estrecha una y otra vez al Pincho.

—Venga, tío, Nico, llévate ya la burra, joder, que mi colega y yo tenemos cosas que hacer —dice de pronto Andrés, con el tono y el gesto serios, y los ojos profundos como dos pozos negros. Sin embargo, un instante después, ese brillo burlón, esa mirada achispada suya, regresa a sus pupilas y, sonriendo otra vez, añade al tiempo

que saca un brillante llavero del bolsillo de la chupa—: ¿No necesitas esto?

—¿Tienes las llaves?

—Claro, joder. Pa mi hermanito una burra guapa con sus llaves y su de todo, ¿que no? ¿No querrás tener que estar todo el día toqueteando cables?

—Pero ¿cómo...?

—Ya ves, el Chinas y el Pincho, que cuando hacen un trabajo lo hacen de calidad.

Nico no puede contener la sonrisa, que se desborda de sus labios.

—Anda, chaval, un abrazo.

Y esta vez, Nicolás abraza a su hermano con todas sus fuerzas y, durante un segundo, así, mientras siente contra su cuerpo el calor de su pecho, sus dedos largos y finos apretados como garras contra su espalda, el chico abraza de nuevo a su hermano mayor, Andrés, Andresito, el que le enseñó a atarse los cordones, a jugar al fútbol y a hablar con las chicas.

—Muchas gracias, tío. De verdad.

—Nada, hermanito. Para eso está la familia. Pero venga, pírate de una puta vez, que me vas a hacer poner tierno, y voy a tener que darte un beso en los morros.

—Ni de coña, chaval —responde Nico, empujando a su hermano cariñosamente.

—Venga, joder. Ábrete ya —dice Andrés, otra vez serio y áspero, mirando de reojo a ese colega suyo, ese tal Pincho, que los observa a un par de metros, con las manos en los bolsillos de la chupa, acariciando con los dedos el frío y duro objeto que esconde en uno de ellos.

Nico monta en la moto y observa cómo Andrés, agarrando por la manga a su compañero de correrías, se lo lleva de allí. Un par de pasos más adelante, el Pincho vuelve la cabeza un momento y le regala a Nico la más siniestra de sus descabalgadas sonrisas. Y una mirada de esas que hielan la sangre. Una mirada tan inesquivable como la muerte.

Por fin solo, Nico mete la llave en el contacto de la Ducati y arranca. El motor ronronea como un gato meloso, pero en cuanto se pone en marcha y le da gas, ruge como un tigre salvaje y pendenciero.

Nico atraviesa la oscuridad de las calles del barrio, buscando la autopista, dándole a la moto lo que la moto quiere. Y él, con los ojos inundados en lágrimas de velocidad, toma las curvas como piensa tomar otras curvas, las de Ainhoa, con el pulso firme, con descaro, como quien toma lo que es suyo. Porque no hay duda de que, con esa moto, ella será suya. Aunque aún hay algo que le falta, algo que a ella le gusta y le hace ponerse a cien. Igual que a él. Y ese algo que le falta sabe perfectamente dónde encontrarlo, aunque hay un pequeño inconveniente: la mercancía no es gratis y él tiene, digamos, un problema de liquidez. Sin embargo, sintiendo la fuerza y la potencia de la moto que tiene entre las piernas, se convence de que puede con todo, y de que, sin duda, encontrará la manera de conseguir lo que quiere, lo que necesita. Así que mañana, en cuanto pueda, irá directo al parque que hay junto al colegio privado del barrio. Ese donde estudia Charly, su encarnizado rival, ese «pijo de mierda». Porque en ese parque está siempre Gusto, el tío ese alto, tan callado y tan raro, que pasa pastillas. Siempre allí, en ese parque donde también está el quiosco de su abuelo Román.

Latido n.º 14

—Jo, tía, no-me-lo-pue-do-cre-er. ¿En serio, tía? ¡Qué cerdo!

—Ya ves, tía. Con el zorrón de la Zaida. Delante de mi cara.

—Pero ¿no decía que estaba mazo de pillado por ti?

—Eso decía...

—De verdad, tía, ¡qué fuerte!

—Ya sabes cómo son los tíos. Se van con la primera que les pone las tetas delante de la cara.

—Es que no lo entiendo, tía. Tú eres cien mil veces más guapa que esa guarra. Además, tú no eres ninguna estrecha. Tú te dejas.

—Ya, pero con el zorrón de la Zaida mojan fijo. Además, que la muy guarra hace de todo.

—Pero ¿de todo?

—De todo, tía, de todo.

—¡Qué pedazo de guarra!

—...

—Y ¿a ti qué te pasa, Yeidy, que estás más callada que una muerta? Las amigas estamos para apoyarnos...

—Ya... Sí, claro...

—¿No estarás de parte de esa zorra?

—No, no, qué va, tía. Lo que pasa es que estoy un poco cansada. Anoche no dormí bien.

—¿No estarías otra vez de rollo telefónico con el Kini?

Las dos amigas ríen tapándose la boca con las manos. Yeidy baja la cabeza. Y las tres continúan caminando, mientras recorren la avenida. Pasan junto a las tiendas de los chinos, que lo mismo venden cerveza que lejía que calcetines que fideos instantáneos al curri. Pasan junto a los grasientos restaurantes de kebab, supuestamente turcos, supuestamente libaneses, supuestamente egipcios, regentados todos por inmigrantes paquistaníes. Pasan junto a las pocas tiendas del barrio, las de toda la vida, que mueren asfixiadas por los horarios y los precios de las grandes superficies. Pasan junto a los locutorios, decorados con banderas adhesivas de Ecuador, de Colombia, de Perú, de República Dominicana. Pasan junto a las tiendas de electrónica que muestran en los escaparates radio-relojes-despertadores que no venden a nadie, pues la verdadera mercancía, los smartphones liberados, las tarjetas prepago, los discos duros portátiles, las tarjetas de memoria, todo de dudosa procedencia, se esconde bajo el mostrador, se vende y se compra en voz baja.

Las tres amigas siguen caminando. Dos de ellas charlan animadamente de chicos, de sus familias, de chicos, del instituto, de chicos, de ropa, de chicos. Hablan de ellos como de conquistas, o de trofeos, o de objetos. Hablan también de ellas mismas, y también como de conquistas, o de trofeos, o de objetos. Se hablan de este o de aquel, critican a esta o a aquella, porque es una guarra, que se lo hace con todos, o que hace esto o aquello, o se deja hacer esto o aquello. Hablan también de ellas mismas, y de lo que hacen y se dejan hacer. También sueñan despiertas, y en voz alta consiguen los favores de este o de aquel y, también en voz alta, se anticipan a sus deseos y hacen y se dejan hacer esto o aquello.

Yeidy, la tercera de las amigas, camina junto a las otras casi en silencio. Asiente nada más que lo necesario, repite sin entusiasmo algunas de las palabras, de los gestos, descarados y obscenos, de ellas.

—Yeidy, tía, hoy estás que no hay quien te conozca. ¿Te pasa algo con el Kini? No habréis cortado, ¿verdad, tía?

—No, no, para nada.

—Entonces, ¿qué te pasa? ¿No se lo vas a contar a tus mejores amigas?

Es cierto que son sus mejores amigas. Pero, a pesar de ello, Yeidy no piensa decirles el motivo por el que hoy no tiene ganas de hablar de chicos, ni de ropa, ni de chicos, ni de nada. Y mucho menos tiene ganas de hablar de Kini. El muy cerdo... Aunque es culpa suya. Porque la primera vez que le pidió que le dejase hacerle unas fotos desnuda con el móvil ella no puso reparos. Porque no le ha dicho que no a nada. Aunque no le gusten muchas cosas que él le propone. Porque ha tragado con muchas cosas que le asquean, que le hacen sentirse sucia, humillada. Así que, ahora, no debería extrañarle que él le haya propuesto una fiestecita junto a sus dos mejores amigos, el Yonan y el Indio.

«Venga, Yeidy, tía, no seas estrecha. Hazlo por mí, ¿vale?... ¿Eres mi piba o no eres mi piba?».

«¡Joder! —piensa ella—, si de verdad fuera su piba, no querría montarse una orgía conmigo y sus amigos, me querría solo para él». Eso piensa ella. Sin embargo, enseguida le entran las dudas y los miedos. Porque sabe de otras que se lo han hecho con dos tíos a la vez. Además, tiene pánico a decirle a Kini que no. Porque está convencida de que, si lo hace, si no se pliega a sus deseos, él no dudará en dejarla tirada. Al menos, eso le ha dado a entender él en más de una ocasión. Y, aunque no sepa muy bien por qué, aunque ese tío al que llama novio sea un auténtico cerdo, y un cabrón, y un cerdo asqueroso, y un cabrón de mierda, y un asqueroso chulo de mierda, Yeidy no se cree capaz de soportar que la dejara. Tal vez porque, en cualquier momento, las amenazas del banco se convertirán en hechos y tendrán que dejar su piso. Tal vez porque, si su padre no encuentra trabajo, ella tendrá que dejar de estudiar para ponerse a limpiar escaleras. Tal vez porque tendrán que regresar a su país. Un país que ella ya no siente como suyo. Un país que ve como una derrota, como una condena, como un punto y final. Tal vez porque piensa que, si lo pierde a él, después lo perderá todo.

—Hasta mañana, tía. Y a ver si te animas un poquito.

—Eso, tía. Que estás hecha un muermo.

Yeidy apenas sonríe a sus amigas y abre el portal de su casa, que está junto al quiosco de la ONCE.

Sube las escaleras despacio. Vive en el tercer piso, pero en su bloque no hay ascensor, como en tantos otros del barrio. Un barrio deprimido siempre, sumido ahora en la más profunda de las depresiones.

Yeidy camina despacio, con los ojos oscuros fijos en los peldaños que imitan sin mucho éxito al mármol. Así, con la cabeza gacha, no se percata de la presencia de ese chico alto que baja desde el cuarto, también con los ojos bajos, también sumido en sus pensamientos, que tampoco se percata de la presencia de ella. Entonces chocan.

—¡Uy!... Perdona —dice ella sobresaltada, agarrándose a los brazos de él para no perder el equilibrio.

—No... Perdona tú. Iba despistado... Pensando en mis cosas.

—Yo también iba despistada —dice ella con una sonrisa nerviosa en los labios.

Durante unos segundos permanecen como congelados. Ella agarrada a los brazos largos y delgados de él, mirándole a los ojos, esos ojos tan increíbles e hipnóticos, de un color gris que a veces parece violeta, sin poder dejar de sonreír. Y él, dejándose agarrar por las manos de ella, de dedos pequeños y delicados, enredado en sus ojos negros, de azabache, de carbón mineral, de noche sin luna. Ella, agarrada a él, recorriendo su rostro afilado, su nariz afilada, sus labios carnosos, sus cejas rectas y firmes, su cabello oscuro, tan alborotado, como de niño travieso, su piel tan blanca. Él dejándose agarrar por ella, atrapado por sus pómulos altos, su nariz ligeramente curva, sus labios entreabiertos, sus dientes como perlas, sus pecas, apenas insinuadas sobre la piel tostada.

—Perdona... No te había visto. Iba pensando en mis cosas —repite él.

—Ya. Yo tampoco te había visto —dice ella también.

Y enseguida piensa que sí que lo había visto. No en ese instante, sino antes. Alguna vez saliendo del portal, o caminando por las calles del barrio. Y siempre le ha parecido un ser extraño, como un alma en pena o un fantasma extraviado. O tal vez como uno de esos chicos guapos y misteriosos que salen en los libros y en las pelis, esos que resultan siempre ser atormentados vampiros, hastiados de una vida fría y sin sentimientos. Por eso, por un segundo, por su mente cruza una idea, o un sueño. Un sueño de adolescente atolondrada. Un sueño en el que él se enamora de ella locamente, y ella de él, y juntos se enfrentan a la incomprensión del mundo y, a pesar de sus diferencias, el amor triunfa. Y ya puestos, en un último arrebato de furor vampírico, él le arrebata gota a gota la vida a ese cerdo de Kini, vengando así el honor de ella, tantas veces mancillado. Sin embargo, eso no es un libro ni una peli, sino la vida real. Y él, con delicadeza, eso sí, se aparta de ella y continúa su camino, escaleras abajo. Aunque, cuando no ha bajado más que unos pocos peldaños, se vuelve hacia ella.

—Perdona de nuevo, ¿vale?

—No te preocupes, ha sido culpa mía.

—¿Lo dejamos en que no ha sido culpa de nadie?

—De acuerdo.

Él le sonríe, y ella siente cómo le arden las mejillas.

—Hasta luego. Nos vemos.

Y él se va.

—Chao —dice ella con un hilo de voz. Y sigue subiendo las escaleras hacia casa.

—Oye —dice él, casi desde el piso de abajo.

Ella se detiene y se gira bruscamente.

—¿Sí?

—¿Cómo te llamas? —pregunta él, asomando la cabeza por el hueco que queda entre las escaleras.

—¿Yo?... Yeidy. Me llamo Yeidy.

Él sube los escalones de tres en tres y cuando está otra vez junto a ella le da dos besos.

—Yeidy... Nunca lo había oído... Es un nombre muy bonito. Yo me llamo Gust... Augusto. Me llamo Augusto. Puedes llamarme Gus, si quieres. Mi hermana me llama Gus. Aunque también me llama pesado y plasta, pero preferiría que tú no me lo llamases.

Ella ríe.

—No te preocupes. No se me ocurriría... Augusto es bonito, pero un poco serio. Creo que voy a hacer como tu hermana. Te llamaré Gus, ¿te parece?

—Me parece.

Durante unos segundos se miran y se sonríen. Él, que para darle los dos besos de presentación ha puesto las manos sobre los hombros de ella, no las retira. Y ella no quiere que lo haga. Y, otra vez, se lo imagina como uno de esos atormentados e irresistibles protagonistas de pelis y novelas, y se lo imagina acercando los labios a los suyos, y besándola apasionadamente, y estrechándola contra su pecho, y ella, entregada e indefensa, hace hervir su helada y oscura sangre inmortal. Pero eso solo pasa en la ficción y, como suele suceder en la vida real, él se despide de nuevo y, tan rápidamente como había aparecido, desaparece, se marcha. Y ella, otra vez sola, sube el último tramo de escaleras que la conduce a casa.

Gusto, o Augusto, o Gus, sale a la calle. Se le ha hecho tarde. Va a buscar a su hermana a la puerta de la academia de inglés: aunque ella sabe y puede volver sola a casa, a él le gusta ir a buscarla. Le hace sentirse útil. Necesario. Además, ya se va dando cuenta de que, dentro de muy poco, a ella no le hará gracia esa actitud suya de hermano protector, y preferirá la compañía de sus amigas, o de cualquier chico al que considere mínimamente potable, antes que la suya. Sin embargo, en esa ocasión le fastidia tener que ir a recogerla. Le hubiera gustado tanto quedarse un poco más con esa chica, Yeidy. Le hubiera gustado no tener que separarse de ella y que todo el mundo se disolviera a su alrededor y que tan solo quedaran ellos. Le hubiera gustado acariciar su cuello largo, su piel dorada, su pelo negro y brillante. Le hubiera gustado tanto abrazarla, besarla, cogerla de la mano e irse tan lejos, a un lugar tan remoto y desierto que tendrían que inventarle un nombre. Le hubiera gustado tanto... Pero esas cosas solo ocurren en las películas, y generalmente en las malas. Y ellos viven en el mundo real. Y en el mundo real él tiene que ir a buscar a su hermana, y él es un tipo sin futuro que vende drogas en el parque. Además, ella, y de eso él está bien seguro, tiene un novio. Un tipo chulo y macarra, un *bakala* bastante desagradable que, en alguna ocasión, ha sido cliente suyo. Así que, tratando de apartar de su cabeza todas esas ideas absurdas, más propias de esas novelitas que lee su hermana Sara, sigue su camino a hacer lo que tiene que hacer, lo que hace siempre.

Yeidy entra en casa. La tele está encendida, y su padre está frente a la pantalla, con la botella de cerveza en la mano.

—¿Yeidy? ¿Ya viniste?

Ella no contesta.

—¿Cuándo va a estar la comida?

Ella se pone el delantal y enciende el fuego para calentar el guiso que su madre ha dejado preparado. Y en silencio, odia a su padre, que está todo el día sin hacer nada, y que podría, al menos, ser capaz de calentarse su propia comida. Y odia a Kini, su supuesto novio, que quiere compartirla con sus amigos, como si fuese una prostituta. Y odia al mundo. Lo odia todo. O casi.

Mientras sirve el guiso y el arroz en el plato de su padre vuelve a sentirse invadida por la mirada gris, la mirada violeta de ese chico, Gus. Y desearía con todas sus fuerzas que él apareciese allí, en ese mismo instante, y que se la llevase lejos, a un lugar en el que no existiesen hombres como su padre, ni hipotecas impagables, ni bancos despiadados, ni cerdos como Kini. Un lugar tan remoto y desierto que tendrían que inventarle un nombre.

Latido n.º 15

Nico espera en el parque, sentado en el respaldo de un banco, con las manos dentro de los bolsillos de la chupa, sintiendo cómo el frío se cuela por debajo de su ropa, por debajo de su piel, hasta parapetarse en el interior de sus huesos. A pesar de que los débiles rayos del lejano sol invernal apenas llegan a su rostro como un susurro o como un difuminado recuerdo, le hacen entrecerrar los párpados. Tiene la vista fija en el camino de grava que cruza entre los setos, antes rectos, bien recortados, ahora abandonados a su suerte, expulsados de los presupuestos, como tantas otras cosas. Y como tanta gente.

Nico aguarda impaciente, con las rodillas inquietas, a ver aparecer la figura alargada y parsimoniosa que por fin se acerca por el camino de grava. Y Nico se levanta del banco, de un brinco, tensando los músculos, endureciendo la mirada y el gesto, preparándose para la confrontación. Aunque, en el fondo de su ser, espere que esa confrontación no se produzca. Desea que todo vaya como la seda, que ese tío, el camello, se enrolle y le fíe. Después ya verá cómo pagarle. Esas pastillas y otras más que ya le ha dejado a deber. Aunque, en ese momento, ese tema no le preocupe. Lo único que le importa es encontrar esa mercancía que necesita, esas pastillitas que tanto le gustan a él, y que tanto le gustan a Ainhoa, y a las que ella no sabrá, no querrá, decir que no. Sobre todo si él va montado en el pedazo de burra que le ha pillado su hermano.

Se acerca el tío de las pastillas con los andares lentos, tranquilos, casi parecen cansados.

Gusto camina despacio. Ha estado de charla con el viejo Román, que se prepara ya para cerrar el quiosco. Otro día más, triste y sin gloria, para el negocio del papel y la tinta diaria. Salvado, como desde hace ya mucho tiempo, por el papel cuché, por las impactantes confesiones de la cuñada de la chacha de la exnovia del torero, revelando al mundo entero el color de las bragas de ella e insinuando la periodicidad de sus encuentros íntimos con este o aquel exconcursante de *reality* hinchado de exclusivas y anabolizantes.

Gusto siente el frío que le rodea. Es una sensación agradable, que le despeja, le golpea como un brusco despertar, o con la contundencia de una ola espumosa y salada. Mientras camina, otra vez al parque, a continuar con sus negocios, con su rutina, el rostro de Yeidy se le aparece como un velo que todo lo cubre. Y piensa en ella como en alguien con quien compartirlo todo. Alguien a quien entregar su cuerpo y su alma... Si no fuera precisamente por su alma.

Marcha Gusto, el camello del parque, del barrio, el tío de las pastillas, con los pasos lentos. Parece como si sus pies no tuvieran ganas de llegar a los bancos que hay orillados junto al camino de grava, junto a los setos, su «oficina». Es como si esos pies hicieran freno, boicoteasen su andar, reclamando un camino distinto, nuevo, inexplorado. Pero los pies obedecen órdenes de arriba, aunque no quieran, y Gusto enfila ya la reducida avenida de grava. Pequeñas piedrecitas que se levantan tímidamente a su paso. Piedrecitas pequeñas como pastillas. Grises.

Gusto, que aún se deja llevar por nebulosas ensoñaciones, tarda en percatarse de la presencia del chico: un cliente, quién si no. Y aún tarda más en reconocerlo.

Durante unos instantes se miran, en silencio. Gusto es a todas luces más alto, así que Nico, tratando de compensar la desventaja, se estira todo lo que puede y levanta la barbilla, desafiante.

Gusto observa sus gestos, su actitud. Estudia su lenguaje corporal, su parpadeo, la tensión de sus manos. Está acostumbrado a ello; en un negocio como el suyo hay que saber leer las señales, saber anticiparse a los problemas.

—¿Has traído mi pasta? —pregunta con la voz calmada, sin mostrar el menor signo de alteración. En un negocio como el suyo hay que saber controlarse.

Nico parece dudar un momento, como si las palabras de él hubieran mellado su aplomo. Sin embargo, se rehace enseguida y, recuperando el aire altanero, bravucón, responde justo lo que ha estado ensayando.

—Tengo una propuesta que hacerte.

Gusto no se sorprende. Ha leído las señales, los gestos, el lenguaje corporal, y estaba preparado. Sabía que ese no iba a ser día de cobro.

—Tú dirás.

—Necesito diez pastis. De las guapas. Y la semana que viene te las pago todas.

Gusto respira hondo. No necesita eso, no quiere eso. No quiere tener que responder como debe responder. Y no quiere tampoco hacer lo que sabe que debe hacer.

—¿Estás de coña? Para ti no hay nada. Lo único que tienes que hacer es aflojar la pasta que me debes.

—Si no me pasas las pastis, no vas a ver ni un pavo. Diez ahora y la semana que viene te las pago todas. O nada. Lo tomas o lo dejas.

Gusto acorta la distancia que hay entre ellos. Nada más hacerlo, nota el nerviosismo de ese tío. Y siente cómo la ira comienza a dominarle. Porque no quiere verse envuelto en esa mierda. Sabe lo que tiene que hacer, y le odia por eso, por convertirle en lo que tiene que convertirse. Es como una especie de Bruce Banner que se ve envuelto en una espiral de la que no es capaz de salir: odia a los que le provocan y le hacen convertirse en ese monstruo verde y brutal, y es precisamente ese odio el que le hace convertirse en ese monstruo verde y brutal.

Por un segundo Nico tiene miedo. La decisión, la firmeza en el rostro de ese tío le han pillado desprevenido. Además, es realmente alto. Incluso le ha tapado el sol al acercarse. O eso le parece a Nico en ese momento. Está cubierto con su sombra y se siente débil, pero él no es ningún mierdecilla, ni se acojona, ni se echa para atrás. Adelante, siempre adelante. Pase lo que pase. Así que cierra el puño y decide dar el primer golpe.

Gusto lo ve venir. Aunque no presuma de ello, es rápido y tiene algo así como una especie de sentido innato para la lucha. No es ni mucho menos la primera pelea en la que se ve envuelto y, aunque el otro tío tampoco parece un novato, se adelanta a sus movimientos.

Cuando Nico todavía está armando el brazo para lanzar el golpe, recibe un duro y seco derechazo en la boca del estómago. Al instante siente cómo el aire escapa de sus pulmones y, sin poder hacer nada por evitarlo, cae al suelo como un fardo.

Mientras el otro tío está cayendo, Gusto golpea de nuevo, esta vez con la izquierda, impactándole en el pómulo.

Nico siente cómo las lágrimas le inundan sus ojos. Cuando choca contra la grava todo son luces y sombras. Y es incapaz de respirar.

Gusto patea el costado del bulto caído, que se retuerce en el suelo, con la boca abierta, tratando de morder el aire.

Gusto dominado por la ira.

Gusto dominado por el odio.

Gusto dispuesto a dejarse llevar por la violencia que ha desatado. Preparado para atacar de nuevo, para golpear sin tregua, para machacar al adversario.

Entonces, a lo lejos, se oye un quejido, una especie de sonido gutural, primario, terrorífico.

Gusto, con la pierna levantada, dispuesto a reventarle la cabeza a ese mierda, se queda paralizado: por la sinuosa avenida de grava se acerca, corriendo como un animal herido, el viejo Román. El quiosquero. Y sus ojos, su boca, sus miembros, todo su ser, están guiados por el pánico. Y también por la furia.

—¡¡¡Nooo!!!

Grita el viejo en su desbocada carrera.

Gusto retrocede un par de pasos, sorprendido, verdaderamente asustado por el rostro desencajado de su amigo. Asustado porque sabe que es él, la brutalidad de sus actos, la causa de su visceral reacción. Así que retrocede otro par de pasos.

El viejo se abalanza sobre el chico herido, derrotado, contra el guiñapo que se retuerce en el suelo. Y lo cubre con su cuerpo, lo protege.

Gusto no entiende. Y entonces se enfrenta a los ojos de Román. Y en ellos solo encuentra furia. La furia de un animal que protege a su manada.

Gusto titubea, da un paso adelante y el viejo se interpone y enseña los dientes, pero por un momento la rabia desaparece de su mirada y el miedo la sustituye. Y también hay en esos pequeños ojos azules una descarnada súplica.

—¡Déjalo en paz! ¡No lo toques!

—Román...

—¡Es mi nieto!

Gusto recibe esas palabras como un directo en la mandíbula.

Durante un segundo, el chico y el viejo se miran. Y el chico no puede soportarlo. Así que retrocede de nuevo. Un paso, dos, tres... Entonces se gira y echa a correr. Sin rumbo, a toda velocidad, por la acera, por el asfalto, entre la gente, entre los coches. Y en sus ojos inundados de lágrimas no deja de ver el miedo y el odio de Román. Y también ve las pupilas oscuras de Yeidy, y en ellas está su propio reflejo, golpeando, destrozando un rostro informe, como una bestia, como un animal salvaje, despiadado y brutal.

Latido n.º 16

Se esconde entre la gente, intenta empequeñecerse, ocultar su cuerpo grande y algo fofo entre esos otros cuerpos anónimos que esperan a la salida del colegio. Allí, frente a esa institución tan respetable, tan privada, tan bilingüe, trata de pasar desapercibido Máximo, el exjefe de estudios y también exprofesor de Matemáticas.

Entre las madres que esperan la salida de los hijos, entre sus cabezas de cabellos esculpidos en peluquerías de precios desorbitados, tocadas esas cabezas con enormes gafas de sol, a modo de tiaras, bucea la inquieta mirada del hombre. Busca entre los chicos y las chicas que salen de clase, intentando reconocer ese rostro familiar en la uniformidad de los jerséis de pico de color azul marino, y los pantalones o las faldas grises, y las camisas blancas, y las corbatas azules y rojas mal anudadas. Busca unos ojos que no son como los suyos. Busca un porte que no es como el suyo. Unos andares que no son como los suyos. Una sangre que sí es la suya.

Una chica desmesuradamente alta, de largos cabellos rubios y lacios, se gira hacia su derecha y, entonces, allí está. Allí están esos ojos grises, igualitos que los de su madre, y su nariz respingona, igualita que la de su madre, y su pelo rizado y oscuro. Igual que su madre.

Máximo se pregunta si, en la concepción de su hijo, él habrá tenido realmente algo que ver. Porque, contemplándolo desde la distancia, le parece como si Mari Carmen, su ex, hubiese arrancado un pedazo de su propia carne, de su piel, de su ser, y con él hubiese moldeado a ese proyecto de hombre embarcado en una animada charla con sus amigos, con la mochila cargada sobre el hombro izquierdo, con la corbata estudiadamente floja y desbaratada.

Máximo camina despacio, intentando no delatarse, con los hombros caídos, con la cabeza gacha; pero sin apartar los ojos de su hijo.

El chico y sus amigos marchan entre bromas, la mayor parte de ellas expresadas en forma de empujones, de agarrones. Todo muy físico, como corresponde a una edad en la que el vigor parece inagotable, desbordante. Se golpean con fuerza, ríen aún con más fuerza, camino de la parada del autobús, a no más de un centenar de metros. Y detrás, como un torpe acosador, como un espía en horas muy bajas, va Máximo, tras los pasos de su hijo.

Esperan ya en la parada, más ruidosos si cabe, más bruscos. Gritos, empujones, palabras soeces. Lo de siempre. Y, a tan solo un par de metros, Máximo, escondido tras el oscuro tronco de un castaño de Indias, mirando a hurtadillas.

El autobús llega por fin, y los chicos, como si no hubiera en el mundo nadie más que ellos, entran aullando, a saltos. El conductor, que ya está de vuelta de todo y no tiene la menor intención de buscarse problemas, hace como si no fuesen más que ruido de fondo.

Entra en el autobús una señora que masculla malhumorada, pues estos jóvenes de hoy en día son unos vagos y unos maleantes y no respetan nada. Y entra después otra señora, que está muy de acuerdo. Y un viejecillo que bastante tiene con mantenerse en pie. Y, finalmente, entra también Máximo, con los hombros aún más caídos y la cabeza aún más gacha, intentando ocultarse tras la figura encorvada y vacilante del anciano. Sin conseguirlo.

Sin embargo, qué importa. Porque para su hijo y sus amigos todas esas personas que comparten con ellos espacio no son relevantes. Son bultos, manchas borrosas, estorbos. Todo aquel que tenga más de veinte años no existe.

El autobús hace su ruta. Las puertas se abren y se cierran, gente que sube, gente que baja. Frenazos. Voces altas. Olores también altos.

Máximo arrastra lentamente los pies y avanza un par de metros. La distancia con su hijo y sus amigos se acorta; pero el riesgo de ser descubierto aumenta.

Ellos, los chicos, con sus dieciséis años en todo su esplendor, hablan de fútbol, de los equipos grandes, de las figuras mundiales, y también de su propio equipo. Rememoran jugadas, discuten tácticas, hacen pronósticos.

Máximo pega la oreja. Las palabras llegan a sus oídos sin sustancia. Solo importa la voz de su hijo, su música, que le llega hasta el alma, que eriza su piel.

Está allí, tan cerca.

Y, desde esa distancia, no es tan como su madre.

Hay algo en él, algunos gestos insignificantes, que ha tomado prestado del ADN de su padre. Y por eso se vuelven tan significantes.

Se rasca la nariz con el dorso de la mano derecha.

Arquea una ceja.

Se ríe sin enseñar los dientes.

Y Máximo lo contempla extasiado, como si estuviese frente a un espejo, o frente a un asombroso, magnífico e insondable misterio de la naturaleza.

Una señora, esa que de nuevo masculla malhumorada, pulsa el botón de aviso de parada en el último momento. Y el conductor, que solo piensa en finalizar un turno demasiado largo y en llegar a casa y a la mesa puesta, y que conduce quizás demasiado deprisa, tiene que frenar bruscamente.

Y entonces ocurre.

Ocurre que los ojos grises de Carlos, que ha sido golpeado por el viejecillo, que bastante tiene con mantenerse en pie, se cruzan con los de Máximo. Y durante un segundo, padre e hijo se miran con sorpresa. Con incertidumbre. Con angustia.

Un segundo después, en los ojos del chico, Máximo descubre el tupido velo de la vergüenza. Y también descubre un afilado pellizco de odio. Pero, sobre todo, vergüenza. Aunque esto Máximo no lo sabe, esa vergüenza tiene dos caras. En una está el rostro de un padre que ha puesto sus asquerosas y viejas manos sobre el cuerpo inocente de una chica que podría ser su hija. Una chica que, además, es la novia de su propio hijo. En la otra está la duda, la sombra de una sospecha que le aterra. Porque en su interior siente que, tal vez, lo que dice su padre sea cierto. Y él, si eso es así, le ha dado de lado, le ha arrancado de su vida de raíz por una golfa mentirosa sin escrúpulos ni dignidad. Una golfa mentirosa a la que llama novia.

Carlos gira la cabeza, y se obliga a participar de las bromas de sus compañeros, con una intensidad forzada, con el rostro teñido de blanco, con un nudo en la garganta. Temiendo ser descubierto. Temiendo ser relacionado. Temiendo que su padre se acerque y le hable, allí, con todos sus amigos delante. Teme que le ponga en evidencia, que le humille con su sola presencia. Y no hay nada peor, cuando uno se encuentra sumergido en el titubeante esplendor de los dieciséis.

Por un momento, Carlos piensa en girarse, y darle la espalda a ese hombre que le avergüenza. Sin embargo, no lo hace, ya que es preferible controlar sus movimientos, estar preparado por si decide acercarse. Así que sigue bromeando con sus amigos, riendo sin enseñar los dientes, aterrorizado.

Por norma general, todos aquellos que se encuentran sumergidos en el esplendor de los dieciséis, o en sus calles adyacentes, rehúyen el contacto con sus progenitores en presencia de sus amigos. Más aún cuando el progenitor de uno es un pervertido, un pederasta, un violador.

Así que Carlos tiembla de miedo y de odio.

¿Y Máximo?

Pues Máximo permanece inmóvil, sin dejar de mirar a su hijo. Tocado y hundido. Un barco naufragado, roto sobre las rocas, encallado a la vista de todos. Y tan lejano a todos.

El profesor de Matemáticas, con su cuerpo grande y algo fofo entregado al vaivén de las maniobras del conductor, baja la vista, recorre los cercanos alrededores en busca de una tabla de salvación. Y allí no hay nada. Solamente encuentra la mirada comprensiva y solidaria del viejecillo, que sabe reconocer enseguida a los que, como él, bastante tienen con mantenerse en pie.

El autobús se detiene, otra vez con brusquedad, y sus puertas se abren.

Los chicos se amontonan, se empujan, bajan de un salto. Y, en el último segundo, el último de esos chicos deja allí olvidada una última mirada, dirigida a su padre.

Y el padre encuentra esa última mirada y la recoge. Y en ella, como en una vieja receta, encuentra los distintos ingredientes que la conforman:

Un puñado de incomprensión.
Una ramita de desengaño.
Dos cucharadas de miedo.
Tres granos de rabia.
Una pizca de desesperanza.

Latido n.º 17

—Tenga, señora —dice Román, lacónico, mientras le entrega el cambio a una mujer que se muestra igualmente interesada en comprobar si el número de monedas que tiene en la mano es el correcto que en las impactantes noticias que aparecen en la primera plana de la revista:

¡¡LA NUERA DE LA MARQUESA HA CAMBIADO DE PELUQUERO!!

En otro día cualquiera, Román no habría podido evitar lanzarle alguna puya a la señora, lo bastante hiriente como para quedarse a gusto; pero también lo bastante críptica como para no espantar definitivamente a la clientela. Sin embargo, esta mañana Román permanece sumido en sus pensamientos, casi del todo ajeno al mundo exterior.

Así que la señora se marcha ya, más que satisfecha con la transacción que acaba de realizar (ese quiosquero malencarado y desastrado le ha devuelto veinte céntimos de más, un botín que se guarda a toda prisa en el monedero, no vaya a ser que...).

Ante los cansados ojos de Román, que sigue ejerciendo mecánicamente su quehacer diario, aparece, una y otra vez, la imagen de ese chico, Augusto, golpeando con saña a su nieto. No hace más que recordar su mirada, primero inyectada en sangre y furia, después sorprendida, perpleja. Al final asustada, vacía.

«¿Por qué? —piensa el viejo—. ¿Por qué ellos también?».

Primero Andrés, Andresito. Y ahora Nicolás. Y también Augusto.

Sus dos nietos. Y ese chico, al que no dudaba en llamar amigo. ¿Por qué también ellos?

Tiene ganas de gritarle al viento, exigirle explicaciones.

—¿Ha venido ya el número especial? ¿El de la boda?

—¿Eh?

—El de la boda. ¿Ha salido ya?

—Eh... No... No llega hasta mañana.

Y la señora, otra más, se gira y se marcha por donde ha venido.

Un hombre coge el periódico. Uno no, dos. Román lo conoce. Malvive con una pensión cada vez más escasa, pues hay que alimentar a los hijos en paro, y darles también algo para que puedan afrontar unas hipot-ecas impagables que nunca debieron haber solicitado. Unas hipotecas vampíricas que tampoco debieron haberles puesto nunca frente a los ojos, nublados como estaban por la borrachera de una bonanza que no era sino un espejismo.

Román conoce a ese hombre desde hace muchos años, de toda la vida. Sufrido trabajador, peón industrial, «compañero del metal». Con las manos ásperas, recias como la madera vieja, curtidas desde los catorce años. Medio siglo de duro trabajo, engordando con su sudor los buches y las barrigas de los insaciables capitalistas. ¿Qué hace ahora comprando ese periódico, que no habla más que de la patria con las letras bien mayúsculas, y de grandes cifras, y de primas que no son familia de nadie, y de índices que indican vaya usted a saber qué, y de políticos que se ufanan e hinchan el pecho como palomos, y se indignan de la desvergüenza de los otros mientras llenan sus bolsillos con los frutos de sus propias desvergüenzas? ¿Qué demonios hace ese hombre, que no puede dormir por las noches, desvelado por unos números que no hacen el menor esfuerzo por cuadrar, con ese otro diario, también bajo el brazo, que le alimenta de las glorias deportivas de todos esos a los que les preocupa más su nuevo peinado que el mundo que los rodea? ¿Qué demonios hace? Todo esto piensa Román, amurallado tras el mostrador del quiosco, intentando ponerse a salvo del mundo.

—Y me llevo también la revista. Para mi señora.

Allá va ese hombre, anestesiado.

Y piensa también Román: ¿qué diferencia habrá entre esas drogas escritas en tinta y papel que lleva bajo el brazo ese hombre, o esas drogas catódicas que se alimentan de las neuronas de los televidentes, y esas otras drogas, esas pastillas que pasan de mano en mano en el parque, frente a sus ojos, delante de sus narices? Aunque con esos pensamientos no quiere, ni mucho menos, ponerle excusas a ese mundo que genera tanto dolor y tanta violencia. Simplemente, eso es lo que piensa.

Y continúa pensando, y piensa ahora en el viejo lema romano: PAN Y CIRCO. «Por lo menos entonces había pan. Ahora todo es circo», eso es lo que piensa Román.

Y así va pasando el tiempo. Los minutos, las horas. Vendiendo algún que otro periódico, sobre todo deportivos, y muchas revistas del corazón, demasiadas para su gusto, aunque las necesarias para su bolsillo.

De vez en cuando, Román mira hacia su izquierda, a esa zona de bancos que hay medio ocultos entre los poblados setos, al final del camino de grava que recorre el parque de punta a punta. Busca la figura espigada, o el rostro anguloso de ese chico, Augusto. O Gusto, como les ha oído en más de una ocasión llamarle a esos otros chicos, los que van en busca de su mercancía. Para él tiene Román un amplio surtido de palabras y de sentimientos: preguntas, reproches, miedos, amenazas, silencios...

El frío viento invernal levanta las hojas secas, algunas medio podridas ya, y las lleva de aquí para allá, de un lado para otro, a hacer compañía a los pensamientos del viejo quiosquero.

Entonces, como salida de entre esa alfombra parda que dejó tras de sí el otoño, una inesperada aparición se coloca frente a los ojos de Román. El rostro enjuto y ajado, el pelo lacio y grasiento, la sonrisa incompleta y oscura, que algún día fue pícara, y los ojos, que aún conservan en lo más profundo una chispa del brillo que antaño los iluminara. Todos en el barrio lo conocen como el Chinas, pero para el viejo quiosquero nunca va a dejar de ser Andrés. Andresito. Su otro nieto. Su nieto hace tanto perdido. Extraviado en las calles, entre agujas y papel de plata quemado.

El viejo permanece en silencio, incapaz de articular palabra. Ha pasado ya más de un año desde la última vez que lo vio, y no hace más que mirarlo fijamente, preguntándose si no será acaso un fantasma, un espectro venido del más allá, lo que tiene ante sus ojos.

—¿Qué pasa? Ni que hubieses visto un fantasma —dice Andrés, como si pudiese leer sus pensamientos.

—Andrés... Hijo... —responde Román con un nudo cada vez más grande en la garganta.

—Eh, no te me emociones, Abu.

«Abu». Hace tantísimo tiempo que nadie lo llama así. A decir verdad, la única persona que alguna vez lo ha hecho ha sido él, ese nieto descarriado que ahora tiene delante. «Abu, llévame al río»... «Abu, déjame ir contigo a la partida, que no molesto»... «Abu, cuéntame una historia de las tuyas, de las del sindicato y los capitalistas»... «Abu»... «Abu»...

—Andrés... Andresito...

Los ojos del viejo se van llenando de lágrimas, saladas y mudas. Mientras, su nieto sigue ahí de pie, sonriendo, como sujeto al mundo con alfileres.

—¿Quieres algo? ¿Necesitas algo? ¿Estás bien? ¿Necesitas dinero?

Román, que ha salido del quiosco, bombardea con preguntas torpes, que se le caen de los labios a borbotones, o como los balbuceos de un niño.

Andrés mira a su abuelo con los ojos agotados. Y en sus labios finos, agrietados, desahuciados, se dibuja la sonrisa más triste y agotada del mundo.

—Que no, Abu. Que solo quería verte.

Román se aferra a las mangas casi huecas de la sucia y raída chaqueta vaquera de Andrés, y este, aguantando apenas el dolor que lacera su alma, acaricia el rostro del viejo con toda la ternura que aún le queda en sus manos ásperas. Y, por un instante, se miran y se ven como antes, como cuando se comían una bolsa entera de pipas, un domingo cualquiera, sentados en un banco del parque, y el nieto escuchaba, devoraba, las historias esas tan chulas y extemporáneas de su abuelo. Esas en las que los héroes estaban hechos de sueños e ideales.

Latido n.º 18

El cielo está cubierto por una capota gris que se extiende de norte a sur, de este a oeste. El viento agita y empuja de acá para allá páginas amarillentas de un periódico viejo, envoltorios de chucherías abandonados a su suerte, algunas hojas secas, marrones vestidas de gris, restos muertos del otoño que ya no es más que un recuerdo.

Nico respira por la boca entreabierta, envolviendo, camuflando su rostro en el vaho que generan sus exhalaciones. Está montado en la moto que le ha pillado su hermano, con el casco, viejo y arañado, apoyado sobre el depósito, parado entre dos furgonetas de reparto que hay aparcadas junto al parquecillo. Un parquecillo de un barrio que no es el suyo, aunque, en verdad, no difiere del suyo prácticamente en nada. Los mismos rostros, las mismas apreturas, los mismos problemas, las mismas calles sucias, los mismos balcones con la ropa tendida, los mismos comercios cerrados, la misma desesperanza.

A pesar de que el gris lo vela todo, Nico oculta sus ojos tras unas gafas oscuras. El cuello de la chupa subido, las manos enguantadas, agarradas con fuerza al manillar de la Ducati. Los músculos tensos, la mirada fija, el corazón que late a toda velocidad. Y allí está el tipo.

Nico arranca la moto y se acerca despacio, con el motor casi en silencio. El tipo apoya la espalda en una farola y enciende un cigarrillo. Lleva el pelo rapado, una fina perilla, gafas de sol Carrera, un plumas plateado y vaqueros blancos. Todo muy Pitbull. O Don Omar. Todo muy Latin. Muy King. Estilo y clase latina de barrio. Un estilo y una clase comprados con billetes arrugados, los réditos de la cocaína.

Un chaval se acerca con los andares rápidos, y Nico frena junto a un árbol deshojado. El chaval habla con el tipo, el rey latino de la farla del barrio, y saca unos billetes del bolsillo trasero del pantalón. El camello los coge con desgana, da una larga calada al cigarrillo y, después de guardarse el dinero en un bolsillo interior del plumas, se mete la mano en la entrepierna y, tras rebuscar un poco, saca una bolsita de plástico que, sin demasiado disimulo, entrega al chaval, que espera ansioso la mercancía. Unos segundos después, el chaval se marcha, y el camello se apoya de nuevo en la farola. Tras una profunda calada tira el cigarrillo, a medio fumar, al suelo, y saca el móvil del bolsillo trasero de sus relucientes pantalones. Enseguida, el pulgar de su mano derecha teclea, raudo y seguro.

«Es el momento», piensa Nico. No puede dejar pasar la oportunidad. Así que agarra el casco por la visera y lo sujeta con fuerza. Acelera suavemente la moto y se acerca al tipo, que sigue enfrascado, *whatsapp* va, *whatsapp* viene.

Cuando está a unos pocos metros, Nico detiene la moto y, sin apagar el motor, la calza y se baja. Con el casco firmemente asido en la mano derecha, se acerca con los pasos largos y decididos. El camello gira la cabeza, sintiendo esa presencia que se le echa encima, y no tiene tiempo más que para contemplar, sorprendido, cómo el casco viejo y arañado se estrella contra su rostro.

El tipo cae en silencio, como un fardo, chocando su ya maltrecha cara contra el duro suelo. Nico permanece de pie junto a él, alerta, esperando una improbable reacción, una especie de recuperación milagrosa. Pero eso no pasa más que en las películas, y el tipo está fuera de combate.

Finalmente, Nico se agacha y voltea el cuerpo laxo del camello. Entonces puede ver los daños que el brutal golpe que le ha propinado ha causado en su rostro: la nariz está evidentemente rota y, entre la abundante sangre que colorea su boca, se aprecian algunos dientes también rotos.

«A la mierda —piensa Nico—, que le jodan».

En un visto y no visto le desabrocha el cinturón, le abre la bragueta y, tratando de mirar para otro lado, y de no pensar en lo que está tocando, mete la mano en sus calzoncillos. «Menos mal que me he puesto los guantes», se dice mientras bucea en las intimidades del tipo. Entonces, «¡bingo!», allí está lo que busca, bien escondido ante un posible cacheo de la policía, pues en su cada vez más escaso sueldo de funcionario no va incluido tener que hurgar entre las pelotas de un camello dominicano. Rápidamente, Nico saca la mano de la entrepierna del tipo y contempla su botín: unas veinte bolsitas de cocaína. Más de lo que esperaba encontrar.

«Con toda esta farlopa, la Ainhoa lo va a flipar en colores».

Nico se guarda la droga y se encamina hacia la moto, pero «qué cojones». Regresa sobre el cuerpo caído y vacía los bolsillos del camello, que sigue inconsciente. En total encuentra unos doscientos euros, un par de condones y una ficha de hachís.

—De puta madre —dice Nico. Entonces se fija en el móvil del tipo, que está en el suelo, a unos centímetros de su rostro—. ¡Joder, un Galaxy S4! —exclama—. ¡Si cuesta más de quinientos pavos!

Con un rápido movimiento abre el teléfono, saca la tarjeta SIM, que arroja entre unos arbustos, se guarda el móvil en el bolsillo y se marcha. Al llegar a la calle, Nico se pone el casco, a pesar de que está un poco abollado y manchado con la sangre del otro, pues no quiere que le paren por no llevarlo puesto. Sobre todo teniendo en cuenta que conduce una moto robada y que lleva los bolsillos cargados de cocaína.

La moto ruge y se aleja dejando atrás al maltrecho camello dominicano, que permanece inmóvil, manchando de sangre el suelo y sus inmaculadas ropas de rey latino de la droga del barrio.

Nico ya está lejos cuando ese chaval, ese de los andares rápidos, ese que había comprado una bolsita de cocaína, se acerca con cautela al herido.

—Eh, tío... ¿Estás bien?...

El tipo abre los ojos muy despacio.

—¿Qué ha pasado? —pregunta con las palabras sumergidas en sangre y en astillas de diente.

—Yo lo he visto todo, tío. He visto al que te ha hecho esto.

Latido n.º 19

Ella está sentada en el sofá, con las piernas muy juntas, apretadas, los puños también cerrados, la espalda ligeramente encorvada. De vez en cuando se coloca, con gesto nervioso, un mechón de su pelo negro detrás de la oreja. Enseguida la mano vuelve a cerrarse, formando otra vez un puño impenetrable.

Ella está sentada en el sofá mientras ellos bromean, se empujan, beben de la botella de vodka, comparten un canuto, se animan, se meten en situación.

Ella está sentada en el sofá con los ojos fijos en la alfombra vieja, gastada y anacrónica, sudando por la calefacción que ellos, que ya se han quitado las camisetas, han puesto a tope. En los cuerpos de ellos brillan, también por el sudor, piel, músculos y algún que otro tatuaje.

Ella espera en silencio, con los labios encogidos. A pesar del calor sofocante, a pesar de la incontenible transpiración, siente por dentro un frío punzante, amplio y desolado como una habitación vacía. Ellos fanfarronean, se arman de valor, dicen guarradas para irse poniendo a tono.

Ella levanta un instante la mirada del suelo cuando uno de ellos pone música en el móvil.

—No te quejarás, ¿eh, Yeidy? Un poquito de musiquita guapa de la que te mola.

El reguetón suena distorsionado, los bajos reverberan en el cristal de la mesa de centro, en la que se toma un respiro la botella de vodka. Un vodka cualquiera de oferta en el supermercado.

Yeidy vuelve a mirar al suelo y clava los puños en el cojín del sofá.

—¡Venga, tía, baila, joder, que hemos puesto la música por ti! —le grita Kini, ese al que llama novio.

Ella lo mira con una mezcla de odio e indefensión.

Él se acerca a ella meneándose, y se coloca de tal modo que su entrepierna queda justo a la altura de su rostro.

—¡Vamos, pava, un poquito de caña! —aúlla él, dándole una calada al porro y frotando sus vaqueros contra la cara de ella.

—¡Eh, colegas! ¡Mirad, tíos! —les dice al Indio y al Yonan mientras sujeta con las manos la cabeza de ella y mueve las caderas hacia delante y hacia atrás. Todos ríen a carcajadas. Ella no. Ella solo trata de respirar—. ¡Venga, tíos, no me dejéis solo!

Los otros dos se acercan enseguida, e imitan en el aire los movimientos de Kini. Entonces él empuja la cabeza de Yeidy a derecha y a izquierda, a un lado y a otro. Ella lo ve todo borroso, se marea, y siente ganas de vomitar mientras su cara va chocando por turnos contra los pantalones de los tres.

—¡Esa Yeidy! —grita Kini.

Sus dos amigos le hacen los coros.

—Vamos, joder, al lío —dice él casi enseguida; pero con la voz más baja, mucho más seria, levantando a la chica del sofá.

Ella lo mira a los ojos, y en ellos encuentra un brillo decidido y perverso. Él sonríe con una sonrisa que corta como el acero mientras sus manos desabrochan con habilidad los botones y la cremallera de los vaqueros de ella.

Yeidy hace un tímido intento de frenarle, pero él no tiene intención de detenerse. Entonces los otros dos se deciden también, y ya son tres pares de manos los que recorren bruscamente su cuerpo, ya son tres pieles distintas las que siente sobre su piel, ya son tres bocas diferentes las que buscan la suya.

Ella intenta contener esa avalancha, aunque sin resultado. Tal vez porque no muestra la suficiente firmeza. Su cuerpo, tenso, duda entre la oposición y la rendición. Y cada vez está más mareada, cada vez las náuseas son mayores. Y todo está tan borroso...

Le bajan los pantalones y las bragas hasta las rodillas, y le suben la camiseta y el sujetador. Y las manos de ellos guían las suyas hacia sus cuerpos, y todo es tan confuso.

Yeidy siente cómo le quema la piel, cómo le arde la cabeza, cómo se le encoge el estómago. Y entonces, por fin, protesta.

—No... No quiero —dice en un susurro casi inaudible—. Dejadlo, no quiero —repite un poco más alto.

Pero ellos no escuchan.

—Basta... Dejadme en paz.

Pero ellos siguen a lo suyo, también con los pantalones bajados, empujándola otra vez al sofá.

—He dicho que no quiero. Basta ya.

Pero ellos no parecen dispuestos a parar. No piensan dejar pasar una oportunidad como esa.

—¡Parad! ¡Parad, por favor!

—¡Calla, joder! Ya verás cómo te flipa —responde Kini a sus quejas.

—¡No! ¡No quiero! ¡Dejadme en paz! ¡Quiero irme!

—¡Cállate de una puta vez, joder! ¡Ya sabías a qué venías! —grita Kini.

Los otros dos se detienen, sobresaltados ante los gritos.

—¡No os paréis, joder, no le hagáis ni puto caso!

—Tío...

—¡Ni tío ni nada! ¡Esta zorra ha venido a que nos la tiremos y por mis pelotas que lo vamos a hacer!

Él sujeta sus piernas e intenta forzarla. Entonces ella no puede más. Y grita desesperada, y patalea, y golpea, y se revuelve, y araña, y muerde.

—¡No! ¡No! ¡Dejadme en paz! ¡Dejadme!

Kini recibe una patada en el estómago y sale despedido contra la mesa de centro que, instantáneamente, se hace añicos.

—¡Ahhhh! ¡Joder, mi culo! —chilla él, mientras los cristales se hunden en su carne y la sangre comienza a manar profusamente. Sus dos amigos corren a socorrerlo, todavía con los pantalones bajados, aunque sin rastro ya de los ímpetus y el deseo de antes.

En ese momento, al verse libre, Yeidy se levanta de un salto y corre hacia la salida. Por el estrecho pasillo se va subiendo las bragas y los pantalones, a trompicones, a punto de trastabillar, y cuando llega junto a la puerta agarra el abrigo, que había dejado en el perchero, y escapa.

Mientras baja las escaleras a la carrera, saltando los escalones de tres en tres, todavía escucha los gritos de ese al que llamaba novio.

—¡Hija de puta!... ¡Sudaca de mierda!... ¡Joder, mi culo, joder!...

Cuando llega a la calle se frena en seco, sorprendida por la absoluta normalidad que la rodea. Allí siguen, impertérritos, los semáforos, y las fachadas de los edificios, y el tráfico, y el cielo sobre su cabeza. Y la gente que pasa.

Un hombre de unos cincuenta años la mira con los ojos muy abiertos, pero no la mira a los ojos. Entonces ella cae en la cuenta. Tiene los pantalones desabrochados. Además, en su huida, tampoco ha tenido tiempo de ponerse el sujetador, que cuelga de uno de sus brazos, ni de bajarse completamente la camiseta. Así que allí está ella, en medio de la calle y de la gente, medio desnuda, con el pelo revuelto y con los ojos llenos de lágrimas, de miedo y de rabia.

La mirada del hombre en su piel quema como el fuego, hiela como el hielo.

Yeidy se cubre con las manos y se siente como un animalillo indefenso. Recompone su aspecto, su integridad, lo mejor que puede. Se baja la camiseta, se coloca el sujetador, se cierra los vaqueros, se seca las lágrimas y trata de arreglarse el pelo.

Entonces, poco a poco, el frío del invierno se va clavando en sus terminaciones nerviosas. En la mano sujeta el abrigo, que se pone con prisas. El jersey quedó atrás, perdido para siempre en esa casa de la que ha escapado gracias a una rabia y a una fuerza que no sabía que tenía.

Un segundo después, cuando ha conseguido arrancar del gélido viento un poco de aire para sus pulmones, Yeidy emprende el camino de regreso a casa. Camina con rapidez, volviendo la vista atrás a cada rato, cerciorándose de que los monstruos no siguen sus pasos.

Latido n.º 20

Nico acelera a fondo. Le da gas a la Ducati, a tope, y siente cómo los brazos de Ainhoa se estrechan alrededor de su cintura. La moto se traga los kilómetros de la autopista, cuyo asfalto es tan negro que se confunde con la negrura de la noche. Únicamente se distinguen las blancas líneas discontinuas dibujadas sobre el pavimento, y también las luces de los pocos coches y camiones, sobre todo camiones, a los que van adelantando. Van pasando esas luces, rojas y blancas, como parpadeos, como efímeras pulsiones que se esfuman en la informe oscuridad que los rodea.

Para Nico y Ainhoa no hay más que la carretera y el viento, que se estrella contra ellos, hecho añicos al instante. Y sus cuerpos, tan juntos que se balancean como un solo cuerpo, al ritmo que marcan la moto y el trazado de la autopista.

Nico toma la vía de servicio por la salida de la ITV. Como es lógico, a esas horas no hay nadie junto al triste e impersonal edificio de hormigón, pues todavía faltan horas para que se abra al público y se formen las largas colas de coches y de conductores en busca de la correspondiente certificación. Además, y para hacer aún más grande la sensación de abandono, la mayor parte de las farolas que debían iluminar las calles del polígono están apagadas. Algunas las han roto de una pedrada, pero la culpa de la casi impenetrable oscuridad la tiene, cómo no, la crisis. Hay que recortar luz. Y sanidad, y educación, y lo que sea necesario. Si no, ¿con qué dinero iba a poder rescatarse a bancos y a banqueros?

Nico, manejando ahora la moto mucho más despacio, recorre las calles en busca de un rincón, de un lugar privado que no tarda en encontrar. Esa noche, la oscuridad y los recortes están de su parte.

Aparca junto a la verja medio rota de una pequeña nave que parece desocupada. Desde luego no hay ni rastro de personal de seguridad, ni de perros de guarda, ni tampoco se observan cámaras de vigilancia.

Nico se baja de la moto y comprueba la verja: no hay problema, tan solo hay que agacharse un poco para poder pasarla.

Con un gesto de la cabeza, indica a Ainhoa que le siga, y ella lo hace al instante.

En un lateral de la nave, al lado de un montón de chatarra inservible, hay una pequeña torre de palés de madera. Siguen ahí porque son demasiado grandes para que los saquen por el hueco de la verja. Si no fuera por eso, hace ya tiempo que los cada vez más numerosos saqueadores habrían dado buena cuenta de ellos.

Nico toma a Ainhoa de la mano y se dirige hacia los palés. Parecen aceptablemente limpios y también, como comprueba enseguida, están secos. Apoyando la mano libre, Nico se impulsa y se sienta sobre ellos. Al instante, Ainhoa le imita y se coloca junto a él. Entonces Nico pasa el brazo por sus hombros y, atrayéndola hacia sí, comienza a besarla. Ella le devuelve el beso, apasionado, húmedo y brusco. Impaciente.

—¿Quieres otro tirito? —pregunta él.

Ella sonríe con picardía y asiente. Entonces él saca una de las bolsitas de cocaína, saca también la cartera del bolsillo trasero de los vaqueros y extiende sobre ella el polvo blanco, con la ayuda del abono transportes. Hace cuatro rayas delgadas y, utilizando un billete de diez euros enrollado, esnifa dos de ellas. Después le pasa el billete a Ainhoa que, sin dudarlo, se mete las dos rayas que quedan.

Nico vuelve a besarla, y a tocarla, por encima de la ropa primero, luego por debajo. Y Ainhoa también le besa a él y le toca. Y, tendidos sobre los palés abandonados, y despojándose nada más que de lo necesario, pues el frío de la madrugada arrecia, se dejan llevar por el deseo y hacen lo que han ido a hacer.

Cuando terminan, sus respiraciones producen una niebla que envuelve y distorsiona sus rostros de un modo irreal. Por unos segundos se miran extrañados, como si hubiesen aparecido allí, el uno sobre el otro, como caídos de algún remoto agujero abierto en el tiempo y en el espacio.

Nico se deja caer al lado de Ainhoa, con la mirada perdida en la oscuridad de la noche.

—¿Hace un canuto, tía? Para relajarnos.

—Qué va, tío. No puedo. Tienes que llevarme ya a casa, que es mazo de tarde y mi vieja me va a matar.

Por un instante él piensa en hacer algún comentario jocoso y grosero, alguna broma ocurrente y cargada de dobles intenciones, pero decide que es mejor no tentar a la suerte. Por fin ha conseguido lo que tanto tiempo llevaba deseando y no quiere que unas palabras fuera de lugar arruinen la posibilidad de que esa noche sea la primera de muchas otras.

—Vale, tía, te llevo, no te rayes. Pero que conste que me debes una.

—¿Y eso?

—¿No te quejarás de la noche guapa que te he montado?

—No ha estado mal...

—¿Que no ha estado mal? ¿Acaso el pijo del Charly se lo monta así, de lujazo?

—Lo del lujazo lo dices por el hotel de cinco estrellas al que me has traído.

—Venga, tía, no seas borde.

Ella, sin dignarse ni siquiera a responderle, se incorpora, le muestra una sonrisa que él no sabe interpretar y se encamina hacia la verja rota y después hacia la moto. Nico la sigue, se monta en la Ducati en silencio y arranca. Ella se sube también y vuelve a rodear su cuerpo con los brazos. Entonces él acelera y se alejan de allí, quebrando la quietud de la noche.

Ya de vuelta en el barrio, Nico detiene la moto junto al portal en el que vive Ainhoa. Ella se baja y, durante unos segundos, permanece en pie frente a él, sin decir nada, mirándolo con una mirada indescifrable, codificada y encriptada. Así es para Nico, que trata de apartar los velos que esconden los sentimientos de ella. Sin conseguirlo.

—Pues nada… Nos vemos —dice entonces Ainhoa. Y, sin que él tenga tiempo de reaccionar, se gira y se va.

Cuando Nico es capaz de bajar de la moto y de mover los pies hacia ella, el portal ya se ha abierto y se ha cerrado. Y cuando él alcanza ese portal, los pies de Ainhoa desaparecen escaleras arriba.

—Tía…

Con las manos apoyadas en el cristal de la puerta, Nico respira profundamente, y su hálito emborrona el muro transparente que lo separa de ella. Y ella ya no está. Se ha ido sin una mirada, sin un gesto. Sin un beso. Y él se siente pequeño, insignificante. Y solo hay una cosa que, en ese momento, puede hacerle olvidar esos sentimientos.

Nico se sienta sobre el capó de un coche, y sin importarle que alguien pueda pasar por allí, saca otra de las bolsitas de cocaína. La rompe con las uñas y la esnifa directamente, sin preparativos.

El sabor del alcaloide traspasa sus conductos nasales y se disuelve en su garganta, en su saliva, en su lengua. Y vuelve a esnifar, ahora por el otro orificio. Y la droga golpea su cabeza como un puñetazo, y sus pupilas se dilatan, y su mandíbula cobra vida propia.

—A la mierda. Que le den a la muy zorra...

Para eso es para lo que sirve la cocaína. Y también para que Nico vuelva a subirse a la Ducati, y para que regrese a la autopista, y para que ponga la moto al límite, sin importarle lo más mínimo las leyes de la física. ¡A la mierda también la fuerza centrífuga, y el tiempo de deceleración, y el rozamiento! La droga no sabe de eso.

Allá va Nico. «¡A toda caña!», «quemando rueda», «tumbando agujas», «partiéndola». Y el tráfico no existe, y las curvas son un reto, un medidor de «cojones». Y cuando la cocaína está al volante, a «cojones» no hay quien le gane.

Nico adelanta a un camión, y luego a otro. Y a un coche que conduce alguien casi vencido por el sueño. Y a otro que está más interesado en la música que se escucha por la radio que en la carretera.

Los kilómetros van quedando atrás, y ahora la autopista está vacía, y una recta enorme se pierde en la oscuridad impenetrable del horizonte. Nico siente cómo el subidón pierde fuerza, cómo las burbujas de adrenalina que inundaban su cerebro se van haciendo cada vez más pequeñas, y explotan y desaparecen sin hacer apenas ruido. No sabe muy bien dónde está, así que decide volver. Toma el primer cambio de sentido y emprende el camino de regreso.

De pronto, un coche al que no había visto le adelanta por la derecha. Nico gira la cabeza sorprendido y tiene tiempo de ver la cara de un tío, no mucho mayor que él, que lo mira con aires de burla y desafío. Y con eso basta:

está cansado, con las fuerzas en horas bajas, desanimado; pero Nico no se echa atrás cuando lo retan. Él siempre planta cara, nadie le «echa más pelotas» que él. Así que encoge el cuerpo y acelera a tope.

Unos segundos después Nico ya está justo detrás del coche. Es un Seat Córdoba tuneado, de color amarillo. El conductor baja la ventanilla y saca un puño cerrado. De ese puño enseguida se levanta el dedo corazón.

Nico acelera aún más, y el coche responde al envite.

Van a toda velocidad, apurando el trazado de la interminable recta. Aunque esa recta esté a punto de terminarse.

El Córdoba apura la frenada, pero Nico no se va a dejar ganar por la mano, así que apura aún más. Al entrar en la curva, la rueda trasera de la moto comienza a perder agarre y el suelo está cada vez más cerca. La curva es demasiado larga, y la tumbada no da para más. Entonces, durante un segundo, Nico pierde el control de la moto.

Ese segundo parece no acabar nunca. Sin embargo, acaba. Porque, milagrosamente, la curva se termina y, en lugar de dar con sus huesos contra el asfalto, Nico recupera el equilibrio y, sin saber muy bien cómo, vuelve a hacerse con el control de la Ducati.

El tío del Córdoba pasa a toda velocidad, dejándose las ruedas, pero Nico ni siquiera lo ve. Se echa al arcén y detiene la moto. Se quita el casco a toda velocidad, pues necesita encontrar aire para poder llenar sus pulmones. Durante unos segundos, tal vez incluso minutos, permanece allí, simplemente respirando. En su mente vuelve a contemplar las imágenes de lo que ha sucedido hace tan solo unos instantes. Y en su mente la curva es unos metros más larga, y la moto no se endereza, y su cuerpo se destroza contra el asfalto, y sale despedido, y choca contra el quitamiedos. Y no hay nada más. Porque Nico es plenamente consciente de que, en plena curva, a esa velocidad, si te caes, se acabó todo.

Las luces de los camiones que van a abastecer la ciudad, o las de esos otros que regresan vacíos a sus casas, iluminan por un momento al chico, que apoya la cabeza en el casco, sobre el depósito de la moto.

Poco a poco, la respiración se acompasa, y el ritmo cardíaco disminuye. Entonces, otra vez, Nico se pone el casco y regresa a la autopista. Aunque ahora marcha mucho más despacio. Y no solo por lo que ha estado a punto de suceder. También porque no tiene ninguna prisa en regresar a casa.

Latido n.º 21

 Gusto coge la guitarra, bien guardadita en su funda, y se la cuelga del hombro. Lleva un par de días sin pasarse por el parque, así que, aparte de llevar a su hermana al colegio, actividad que tiene los días contados, su única ocupación es la de asistir puntualmente a los ensayos del grupo. Les ha salido un bolo en un bareto del centro. Es un tugurio oscuro y cutre que huele a una mezcla de desinfectante, humedad y vómitos añejos, pero es lo que hay. Además, a pesar de esos problemas aromáticos, y de otros relacionados con la limpieza y la salubridad en general, ese bar en el que van a tocar es un clásico entre los amantes del blues y del rock en directo, sin arreglos ni florituras. Así que, en el fondo, y obviando que no van a pagarles más que un pequeño porcentaje de la caja de esa noche, están entusiasmados. Por lo menos el bajo y el batería del grupo. Porque Gusto no es precisamente dado a entusiasmos ni a efusiones. Y menos desde hace un par de días. Desde que pasó lo que pasó en el parque.

Gusto baja las escaleras despacio, resistiéndose a la fuerza de la gravedad, que lo reclama desde la calle. Una y otra vez regresan a su mente el rostro de ese tío, el nieto de Román, y los ojos aterrorizados y llenos de rabia del viejo. No hace más que verlos. En las imágenes parpadeantes de la tele. En las páginas de cualquier libro. En el cielo gris que lo cubre todo. Incluso no puede evitar que, cuando su mente evoca el rostro de esa chica, Yeidy, su vecina, los ojos claros del quiosquero se superpongan a los ojos oscuros de ella. Cuando recuerda sus labios, carnosos y húmedos, inmediatamente son sustituidos por la boca temblorosa, a la vez suplicante y amenazante, de Román. Solo cuando se deja llevar por los acordes de alguna canción prestada, cuando se convierte en una especie de autómata que mueve con agilidad los dedos por el mástil de su guitarra, esas imágenes se desvanecen. Así que acude puntualmente a los ensayos, y propone ensayos extra, siempre con la excusa del cercano concierto, y también se pasa las horas tocando solo en su habitación, siempre que le es posible. Pero ahora, bajando las mismas escaleras en las que, hace unos días, se cruzó con ella, cruzó palabras y miradas con ella, no puede evitar preguntarse qué pensaría esa chica, Yeidy, si supiera lo que él hace, si supiera lo que es capaz de hacerle a la gente.

—Hola —dice de pronto una voz suave, cálida como el sol de mediodía.

Gusto se queda paralizado. Porque allí, frente a él, medio tramo de escaleras más abajo, está ella. Mirándolo con esos ojos suyos tan negros. Sonriéndole tímidamente, mostrando apenas esos dientes suyos tan blancos.

—Hola —responde él, con la voz ahogada por la sorpresa y por los pensamientos que rondaban su mente.

—Hola, Gus —añade ella, pronunciando su nombre, paladeándolo.

—Hola, Yeidy.

Ella comienza a subir, despacio, peldaño a peldaño. Y él siente un escalofrío que recorre su columna vertebral.

Él baja un escalón, agarrado con firmeza al pasamanos, y ella nota que le flojean las piernas.

Gusto contempla su rostro, su cabello negro, largo y sedoso, su cuerpo pequeño y sinuoso, y se siente vencido, doblegado por la seguridad con la que ella se le acerca. Siente que está dispuesto a firmar cualquier armisticio, a rendir sus armas bajo cualquier condición que ella le imponga.

Yeidy contempla su cuerpo felino, su rostro afilado, sus manos delgadas y fuertes, y se entrega a él de antemano, está dispuesta a ofrecerle cualquier presente que él pudiera pedirle.

Gusto cuenta los escalones que ella sube, que se acompasan a los latidos de su corazón, y el estómago se le encoge y se le cierra, atrapando, ahogando mariposas, o libélulas, o lo que se suponga que debería revolotear en su interior. Y nota también cómo las manos le sudan, y cómo, en general, todo el cuerpo le suda.

Yeidy escala los peldaños casi sin oxígeno, y le resultan un Everest, cada uno de ellos. Y los labios entreabiertos de él se le antojan una oscura cueva llena de negaciones, y de burlas. No, de burlas no, no cree que él sea de esos, no como otro cerdo al que ella conoce demasiado bien. Piensa que esos labios son más propicios para las palabras gentiles, casi condescendientes. Palabras de las que hieren, de las que queman como lava líquida y ardiente.

Gusto tiembla y espera.

Yeidy tiembla y avanza.

Cuando ella llega junto a él, tiene que mirar hacia arriba. Él es tan alto y, además, está un peldaño por encima.

Yeidy se siente minúscula.

Mirándola desde arriba, él se imagina desgarbado, cómico, cobarde y huidizo. Ella se le ha acercado, tan firme y decidida.

Gusto se siente ridículo.

Entonces él baja un escalón, intentando romper esa insalvable diferencia de alturas que los separa. Y ella sube un escalón, tratando de vencer el abismo que hay entre ellos.

Pero las leyes de la física nos dicen que dos cuerpos no pueden ocupar un mismo lugar al mismo tiempo, así que esos cuerpos no tienen otra que chocar a medio camino, que encontrarse. Y eso es lo que hacen. Y el resto es una cuestión de equilibrio.

Gusto se agarra a la espalda de ella. Yeidy se aferra a los brazos de él. Y sus ojos se lanzan cuerdas y ganchos, y se disponen a un abordaje que ambos desean y temen al mismo tiempo, y casi con las mismas fuerzas.

Entonces, porque la química también tiene sus armas y sus tretas, las feromonas y, por qué no decirlo, también esas otras maravillas a las que no sabemos ponerles nombre cumplen su función, y los labios de él no se resisten a los de ella. Y los labios de ella, afortunadamente para los dos, tampoco se resisten a los de él.

Y Gusto y Yeidy se besan.

Y el beso es tan largo que podría durar estaciones, años, generaciones.

—¡Uy! Mira tú los tortolitos —interrumpe una voz que sale de un cuerpo que sale de una puerta.

Gusto y Yeidy separan de pronto sus labios y sus cuerpos y, roto el equilibrio que los sujetaba, están a punto de caer.

—Cuidado, chicos, que os vais a romper la crisma —dice la mujer con aire divertido.

Esa mujer de unos sesenta años que los contempla desde el pequeño rellano del piso inmediatamente superior es una vecina, de las de toda la vida. Va cubierta con una gruesa bata de guata y calza zapatillas de andar por casa. En la mano derecha sostiene una bolsa de basura de color morado, de esas perfumadas, que no logra camuflar el penetrante olor a restos de sardina.

—Que ya podíais ir a meteros mano en el parque, vamos, digo yo, que se van a pensar que esta no es una casa decente...

La mujer baja un par de escalones y se detiene, todavía un poco por encima de ellos. Una situación que no parece disgustarle.

—¿Y tú qué? —dice dirigiéndose a Gusto—. ¿Holgazaneando como siempre?... Contenta la tienes a tu madre... ¿Y esta? —añade, señalando a Yeidy con un gesto de cabeza no demasiado cortés—. No sabía yo que te gustasen estas chicas. Que yo no digo nada, que a mí me parece bien, que todos mezclados y todo eso. Que yo no soy racista ni nada, pero será que no hay buenas chicas de aquí, del barrio... ¿Y tú? —dice ahora, mirando a Yeidy con ojos inquisidores—. ¿No tenías un novio tú? Otro, digo, aunque ya se sabe, que estas, con eso de que si son de otra cultura, van bien ligeritas de cascos; pero yo no digo nada, que cada uno haga con su cuerpo lo que quiera, así que, ¡hala!, vosotros a disfrutar, que otra cosa no sabéis hacer. Aunque claro, también cada uno lo que ve en su casa... Que por algo se iría tu padre, vamos, digo yo. Que bien mirado, mucho mejor, que no sé yo qué hubiera dicho el Augusto de verte por ahí refrotándote con una sudaca... Pero que lo digo sin ofender, que yo de racista ni un pelo, que lo sepáis, que es solo una forma de hablar. Que también digo yo que mejor será llamar al pan, pan y al vino, vino. ¿Sí o no? Bueno, hijos, que no os entretengo más, que se me echa encima el tiempo y aún tengo sin hacer las tortillas.

Sin embargo, la mujer no se mueve de su sitio.

—Oye, chica, y tu padre, ¿sigue sin trabajar? Seguro que algo hará. Seguro que está ahí, a los trapicheos esos que os gustan, al dinero negro. Pero luego bien que nos quejamos si nos quitan la tarjeta del médico, ¿eh? Pues lo normal, que el que quiera trabajar que trabaje, y el que no, que se vuelva a su país, que ya podían irse todos, que así seguro que había trabajo para los de aquí... Y que no lo digo por ti, que contra ti no tengo nada, que seguro que tú no andas en líos ni en cosas raras, aunque ya podías buscarte un novio de los tuyos, y no andar por ahí zorreando con los que no son de tu raza. Y no con uno, ¡con dos! Pero tú no te cortes, que eres joven, y si te da igual que te pongan de puta para arriba, pues que me parece muy bien. Tú ni caso a lo que vayan diciendo por ahí, que la gente se mete en donde no la llaman. Y que te lo digo por tu bien, que a mí ya ves, qué me va a mí en eso, que si tú quieres andar por ahí de cama en cama, que a mí qué más me da. Así que, ¡hala!, que os dejo, que se me va el tiempo en tontunas.

Por fin, la mujer comienza a bajar la escalera. No obstante, cuando no ha descendido más que un par de metros, se detiene de pronto y, girando sobre sí misma, vuelve a dirigirse a Gusto.

—Y tú no te encapriches mucho con esta, que te va a durar dos telediarios, que ya me ha dicho la Rosi que los del banco les van a embargar el piso y los van a poner de patitas en la calle. Y claro, sin casa y sin trabajo, pues tendrán que volverse a su país. Que también es lo normal, que digo yo que lo mejor es que cada uno en su país, con sus cosas y con su gente, ¿sí o no? Y que conste que yo de racista ni un pelo, ¿eh?, que yo con el Boris es que me troncho, y los culebrones, los mejores los de tu tierra. Aunque donde esté el de *Amar es para siempre*, y el de los *Tiempos revueltos*, y el *Puente Viejo*, que se quiten los demás. Yo no me pierdo ninguno. Y la que no veo me la grabo, que me lo tiene programao el José Joaquín.

Y con estas palabras, la mujer se da la vuelta y se va, con la bolsa de basura perfumada en la mano, dejando tras de sí un penetrante y desagradable olor a sardinas pasadas.

Gusto mira a Yeidy. Está abrazada a sí misma, y ya no ve en ella ni rastro de esa seguridad de antes. Entonces es él el que acorta las distancias y vuelve a abrazarla.

—¿Estás bien?

Ella lo mira con sus profundos ojos negros. Y en ellos hay vergüenza, y duda, y miedo.

—No le hagas ni caso. No es más que una amargada y una gilipollas.

Yeidy trata de sonreír sin demasiado éxito.

—Que ni caso, Yeidy. No es más que una racista de mierda y una envidiosa amargada, que lleva una vida de sardinas, tortillas y culebrones, y que no tiene más emoción que la de meterse en la vida de los demás y andar tocando las narices.

Ella vuelve a amagar una sonrisa. Entonces él la besa. Larga, intensamente. Y ella se deja llevar por ese beso, y las palabras de la mujer se van. Sin embargo, algunas de esas palabras sí que dejan un rastro, como el desagradable olor de las sardinas.

—Oye, no quiero meterme en lo que no me llaman, pero ¿es cierto lo que ha dicho del banco? —pregunta Gusto después de separarse de sus labios. Y ella asiente con la cabeza—. ¿Y es muy grave?

—Llevamos sin poder pagar las letras desde hace seis meses.

—No te preocupes. Ya verás como todo se arregla —dice él, estrechándola contra su pecho.

Pero Yeidy sí que se preocupa, y no tiene ni idea de cómo se va a arreglar la situación. Además, piensa que esa señora tan desagradable tal vez tenga razón. Tal vez lo mejor sería que regresasen a Ecuador. Allí nadie iba a llamarles sudacas, ni panchitos, ni nada parecido. Y nadie iba tampoco a decirles que no tenían derecho a estar allí. Aunque, a pesar de todo, a pesar de las palabras de la mujer, y de muchas otras que ha oído, Yeidy no quiere irse. Y mucho menos ahora.

—Otra cosa... —comienza a decir Gusto, esta vez con la voz temblorosa y débil.

Ella lo mira a los ojos y espera.

—Tú tienes novio, ¿verdad?

—No —responde ella con firmeza. Una firmeza que ni ella misma sabe de dónde ha salido.

—Pero ¿ese tío?

—Olvídate. Ya no tengo nada que ver con él. Ni creo que lo tuviese nunca.

Entonces Gusto sonríe de oreja a oreja. Y Yeidy también lo hace. Y enseguida vuelven a besarse. Y ya no hay el menor rastro de ese desagradable olor a sardinas pasadas.

Latido n.º 22

Casi todos han salido de clase, y los últimos, con sus mochilas a la espalda, emprenden ya el camino de regreso a casa. Unos cuantos esperan en la parada del autobús, otros se pierden de vista, en esta o aquella dirección.

Varias profesoras salen en grupo, en animada charla. Unos metros por detrás marcha Máximo, el profesor de Matemáticas, arrastrando su cuerpo grande y algo fofo, arrastrando los gastados zapatos marrones por la acera. Pasa junto a Nico, que espera, sentado sobre el capó de un coche aparcado. El profesor levanta la vista cuando llega a su altura. Nico le devuelve la mirada. Aunque las miradas son diametralmente opuestas.

Los pequeños ojos de Máximo, parapetados tras los cristales de las gafas, están pintados de cansancio y de derrota.

Los jóvenes ojos de Nico lo están de altanería, de rabia generacional y de desafío.

El profesor baja otra vez la cabeza y se aleja, a proseguir con su vida. Una vida que está en liquidación, de saldo.

Nico vuelve a mirar hacia la puerta del instituto, esperando que ella salga. Y se retrasa.

Unos obreros comienzan a hacer uso de un martillo neumático, y el ruido del metal contra el asfalto retumba en los oídos. Están levantando el suelo para meter no sé qué cables. Después habrá que tapar el agujero. Y luego, pasado un tiempo muy poco prudencial, volverán a abrirlo, para meter otro lo que sea.

Nico desearía hacerse un canuto, pero le parece que

es «cantearse» demasiado. Así que se mete las manos en los bolsillos de la chupa, y mueve las rodillas al ritmo del repiqueteo, que se hace eco en los cristales de los coches.

Entonces aparece ella. Sube las escaleras sola. Sus amigas ya se han ido hace un rato, así que allí está su oportunidad. Sin trabas ni interrupciones. El momento de aclarar las cosas.

Nico se incorpora y da un par de pasos hacia ella. Sin embargo, Ainhoa no lo mira. Lo ha hecho durante una décima de segundo, pero enseguida ha desviado la vista. Una vista que está fija en algún punto a la derecha de donde está él.

De pronto, ella sonríe y echa a correr. Nico alarga la mano torpemente, como queriendo retenerla. Sin embargo, ella sigue corriendo, calle arriba.

Nico se gira y entonces puede ver lo que ella está viendo, hacia lo que ella corre.

Charly. El «pijo de mierda», sentado en su Aprilia RS50. Con su casco nuevo, réplica del de Rossi. Una moto y un casco con todos los papeles en regla.

Ainhoa se echa en los brazos de Charly, y se besan apasionadamente, y las manos de él se agarran a ella con la fuerza y seguridad del que maneja lo que sabe que le pertenece.

Nico los mira en silencio, aún con el brazo extendido. Y así sigue cuando Ainhoa se sube a la moto. Y cuando se marchan.

Nico está como en pausa. Es como si toda su vida hubiera estado encaminada a conseguir a esa chica, a tener una oportunidad con ella, y una vez que esa oportunidad se ha esfumado, no queda nada. Aunque, tal vez, esa oportunidad nunca existió realmente. Los sueños de Nico nunca fueron más que sueños, y lo que tuvieron en el polígono de la ITV ha sido tan solo un espejismo, un *flashazo*, como un tráiler de una película que jamás va a estrenarse.

«¿Por qué? —se pregunta—. ¿Por qué?».

«¿Por qué se ha ido con ese tío? ¿Por qué lo prefiere a él?».

Escondida tras una furgoneta de reparto está la respuesta: la Ducati que le ha conseguido su hermano. Porque Charly no tiene que cambiar de calle cuando ve un coche de policía. Porque Charly no tiembla imaginando que le piden la documentación de la moto que conduce. Y también porque, si Charly quiere pillar farlopa, no tiene más que abrir su abultada cartera. Y porque él no tiene que pasearse por los descampados y los edificios en ruinas donde viven los yonquis, ni tiene que romperle la cara a un camello para darle a Ainhoa lo que necesita. Y porque, si quieren intimidad, no tiene tampoco que buscarse ninguna nave abandonada ni ningún otro sitio cutre. No tiene más que llevarla a su casa, que queda libre para ellos los fines de semana, cuando sus papás se suben al chalé de la sierra. Por todo eso, Nico sabe, y ha sabido siempre, que no tiene nada que hacer contra Charly. Y es también por eso por lo que lo odia con todas sus fuerzas.

Latido n.º 23

—En primer lugar, me gustaría escuchar tu versión de los hechos.

—Pero no entiendo nada. No llego a comprender de qué va todo esto.

—Necesito que me expliques qué fue lo que sucedió. Y no te ahorres detalles. Es importante conocer la verdad del modo más exacto que sea posible.

—Vamos a ver, Rodrigo; no sé si te he entendido bien, pero se supone que el pasado lunes hice algo de lo que ahora me acusas.

—Yo no te acuso de nada, Máximo. Lo único que hago es intentar aclarar la situación. Hay un alumno que se ha quejado de tu comportamiento y es necesario que aclaremos lo sucedido. Además, al haber ocurrido los hechos fuera del horario escolar, aunque dentro del centro, y sin más testigos que el denunciante, se hace aún más necesario escuchar tu versión.

—¿El denunciante? Pero, por Dios, Rodrigo, ¿es que se me está juzgando? ¿Otra vez? ¿Es que nunca va a terminar esto?

—Insisto en que es mejor que nos dejemos de discusiones y vayamos al asunto: vamos a ver... Según lo expresado por el alumno de primero de bachillerato Nicolás Gutiérrez Robledo, el pasado lunes 2 de marzo, a eso de las tres y cuarto de la tarde, le abordaste en la puerta de los servicios de alumnos y, según sus propias palabras, «le tiraste los trastos a saco». Asimismo, el alumno te acusa de amenazarle si no aceptaba tus propuestas, y de denunciarle por tráfico de drogas, lo que, también en sus propias palabras, era una «puta bola de violador y pederasta».

—Rodrigo, ¿en serio te crees toda esa sarta de absurdas mentiras?

—Lo siento, Máximo, pero se ha producido una denuncia muy grave, y es necesario que aclaremos esto.

—¿Realmente vas a creer a ese chico?

—No se trata de a quién creo yo. De lo que se trata es de clarificar los hechos. Si esto llega a oídos de los padres, se va a armar una buena. Como comprenderás, no podemos tener un profesor que se comporta de ese modo con los alumnos. Sobre todo si es a ti a quien se acusa.

—Pero ¿qué coño estás diciendo?

—No hace falta perder las formas...

—¡Me estás llamando acosador! ¡Pervertido! ¡Corruptor de menores! ¡Y con un alumno, nada menos! ¿Y pretendes que no pierda las formas?

—Tranquilízate, Máximo. Te repito que yo no te estoy llamando nada ni te estoy acusando de nada. Sabes bien que yo siempre te he apoyado. Incluso cuando nadie más lo hacía. Y he defendido tu plaza contra viento y marea.

—¿Mi plaza? Esa plaza me la he ganado yo. Sin ayuda de nadie.

—Ya. Pero bien sabes que podía haber puesto trabas para que te incorporases. Después de lo sucedido... Pero ese no es el asunto. Simplemente intento aclarar todo esto. Hay una denuncia muy grave y tenemos que poner luz...

—¡Ya está bien, joder! ¿Acaso vale más la palabra de un adolescente drogadicto que la mía?

—Ya sabes cómo son las cosas...

—¿Sí? ¿Y cómo son las cosas, si puede saberse?

—Máximo, intenta calmarte. Esta actitud no te ayuda en nada.

—¿Y qué narices de actitud quieres que tenga? ¡Nos conocemos desde hace veinte años!

—Tienes que entender mi situación.

—¿Tu situación?

—Tienes que entender que, en otro caso cualquiera, no nos tomaríamos en serio el asunto, pero dadas las circunstancias...

—¿Las circunstancias? ¿De qué circunstancias me hablas? Yo creía que tú...

—Máximo, por favor, no creo que sea necesario.

—¡Pues yo sí que creo que es necesario! ¡Dime de una puñetera vez cuáles son esas putas circunstancias! ¡Di lo que piensas de verdad de una maldita vez!

—Intentemos mantener la calma.

—¡Y una mierda! Me acusas, prácticamente, de haber intentado forzar a un alumno, y ¿quieres que mantenga la calma? Vete a la mierda, Rodrigo.

—Máximo, creo que yo en ningún momento te he faltado al respeto.

—¿En serio lo crees?

—Por supuesto. Simplemente, en mi calidad de director de este instituto, me he hecho eco de la denuncia de un alumno y he procedido a comprobar su veracidad.

—Pero si hubiese sido otro caso cualquiera, como antes has dicho, no te habrías hecho eco de la puñetera denuncia.

—Las circunstancias son especiales.

—¡Otra vez con lo de las circunstancias! Lo tuyo son siempre buenas palabras, pero no haces más que repetir lo de las circunstancias de las narices. Habla a las claras, y quítate la careta de una vez. Quiero escuchar de tu boca cuáles son esas malditas circunstancias.

—Me refiero a tus circunstancias personales.

—Dilo de una vez. Al menos me merezco que seas sincero de una puñetera vez.

—No creo que sea necesario entrar en detalles.

—¿No era eso lo que querías? ¿No querías que no me dejase ni el menor de los detalles?

—No me refería a eso.

—Pues yo creo que es precisamente a eso a lo que te refieres. Así que no pienso moverme de aquí hasta que no oiga de tu boca cuáles son esas circunstancias tan cruciales de las que no dejas de hablar.

—Máximo, no te hagas esto.

—No me lo hagas tú.

—Yo no te hago nada. Todo esto te lo has hecho tú solo. Te lo has ganado a pulso.

—¿Cómo dices?

—¿No quieres que sea claro?, pues a ser claro.

—¿...?

—Estoy harto de ver tu nombre escrito en las pizarras, y de tener que llamar al orden a chicos que se intercambian dibujos obscenos en los que tú eres el protagonista.

—¡Pero yo no he hecho nada! ¡Ese chico miente!

—¡Me importa una mierda! ¡No quiero este ambiente en mi instituto!

—Rodrigo...

—¡Ni Rodrigo ni nada! Y no me vengas ahora con esa cara de perro apaleado, que no eres tú el que tiene que aguantar a un montón de padres que me vienen quejándose de que no quieren que su hijo tenga un profesor al que todos creen un abusador de menores y un violador en potencia.

—Rodrigo... De verdad, ¿cómo puedes pensar que yo sería capaz...? Sabes perfectamente que se retiraron todos los cargos. El juez dijo... Esa chica...

—¡Ya está bien! ¡Estoy harto de esto! ¡Me importa una mierda que se retirasen los cargos y que el juez dijera lo que dijera!

—¿Y qué quieres que haga yo?... ¿Qué queréis que haga?

—... por lo pronto, y hasta que se tome una decisión o se esclarezcan los hechos, será mejor que te quedes en casa. Ya se encargará alguien de dar tus clases.

—Pero enseñar es lo único que tengo. Lo único que me queda.

—Haberlo pensado antes.

—¿Antes de qué? Yo no he hecho nada malo.

—Eso, francamente, ahora mismo me trae sin cuidado.

Latido n.º 24

Gusto observa el quiosco de Román desde la distancia, semiescondido tras una de las farolas del parque. Hace frío, y poco a poco, casi con pereza, las nubes que ocultan el cielo comienzan a desgranar una ligera aguanieve. Un autobús azul se desliza por el pavimento húmedo, y las luces de los semáforos se reflejan en borrosos espejos improvisados, hechos de agua, metal, cristal y asfalto. El viento ha amainado, y los pequeños copos, y algunos otros más grandes que han empezado a caer, bajan con suavidad por el aire, como mecidos por el dióxido de carbono que vomitan los tubos de escape de los coches.

Una anciana, que cubre su cabeza con un plástico atado bajo la barbilla, arrastra el carro de la compra, por el que asoma una barra de pan y un manojo de acelgas.

Un hombre, vestido con un chándal de licra y un espantoso forro polar de color marrón, se aferra a una correa de cuero que trata de contener los ímpetus de un perro que casi no puede aguantar hasta llegar al parque.

Y Gusto sigue observando el quiosco de Román desde la distancia.

Del quiosco se aleja una señora, con una revista bajo el brazo, y también con el diario deportivo. Hay que estar bien informado de las cosas realmente importantes.

Román asoma la cabeza y, por un segundo, mira en la dirección en la que está Gusto. De manera instintiva, el chico se gira, tratando de permanecer oculto, aunque cuando lo hace se siente cobarde, ridículo. Tendría, querría ir a hablar con su viejo amigo, y explicarle qué es lo

que sucedió, y también qué es lo que le ha sucedido desde entonces. Sin embargo, aún no ha reunido el valor suficiente para enfrentarse a los ojos de Román. Aún no se siente con fuerzas.

Así que Gusto se aleja del quiosco, y comienza a recorrer el parque sin rumbo ni dirección preestablecida, simplemente alejándose, dejando pasar el tiempo, poniendo pasos de por medio.

Máximo camina arrastrando los pies. Camina porque se siente incapaz de tomar el autobús. Porque se ahoga. El aire apenas llega a sus pulmones desde que ha salido del despacho de Rodrigo, el director del instituto.

Tiene que ir a casa, pues no tiene otro sitio. Sin embargo, no puede encerrarse entre esas cuatro paredes y, aunque el aguanieve va ya camino de nieve, e irá después a ser nieve, con mayúsculas, y aunque la gabardina que lleva puesta le abriga mucho menos de lo necesario, y aunque sus zapatos no ofrecen demasiada resistencia al agua que moja las aceras, camina hacia ningún sitio, simplemente alejándose, dejando pasar el tiempo, poniendo pasos de por medio.

Nico comprueba que lleva el dinero en el bolsillo. Una vez que utilice una parte para pagar sus deudas, aún le sobrará para ir tirando unas semanas. Además, aparte del dinero, todavía le queda cocaína. Y también está el móvil que le quitó al camello dominicano, que podrá vender con facilidad en cualquier rincón, en cualquier esquina del barrio. Así que, por un tiempo, no tiene que preocuparse de problemas económicos.

Deliberadamente, bordea el parque por el sur, evitando así tener que pasar por delante del quiosco de su abuelo. Salta una pequeña valla metálica y atraviesa un seto por el que antes han atravesado cientos. Cruza el césped que está prohibido pisar y está a punto de resbalar. Ha pisado una mierda de perro.

—¡Joder! ¡Mierda! ¡Joder! ¡Me cago en la puta!

Pero sigue caminando, arrastrando el pie izquierdo, tratando con ello de limpiar algo la repugnante plasta que lleva adherida a la suela de la zapatilla.

Pero sigue caminando, buscando con la mirada la figura alargada de ese tío.

Gusto se sienta en un banco. Está mojado, pero no le importa. Hace frío y tampoco le importa. Nieva cada vez más, cada vez con más empeño, e incluso ha comenzado a cuajar. Nada de eso le importa.

La nieve se derrite sobre la cabeza de Máximo, y pequeños regueros de agua helada resbalan por su rostro, hasta encontrar sus ojos, haciéndose pasar por unas lágrimas que ya no le quedan, suplantándolas. Aunque eso no importa.

Nico está nervioso. Nieva cada vez más, y tiene frío, y se está calando. Lo único bueno es que la mierda que ha pisado va desapareciendo a cada húmedo paso.

De pronto se detiene, súbitamente. Allí, a una decena de metros, está ese al que anda buscando, el tal Gusto. El mismo que lo tumbó hace unos días. No se lo esperaba; pero tiene que reconocer que ese tío sabe pelear. Y eso él lo respeta.

Gusto levanta la cabeza y los copos, que ya han alcanzado un tamaño considerable, caen en su frente, en sus pestañas, en su nariz y en sus labios. Él saborea el frío un instante, y cierra los ojos, y trata de no pensar en nada. Precisamente porque tiene demasiado en lo que pensar, demasiado que decidir. Sin embargo, una imagen nítida de Yeidy se dibuja en el espacio que hay tras sus pupilas. Una imagen que lo ocupa todo. Aunque, por motivos que él sabe muy bien, ese rostro dulce es a la vez amargo. Porque Gusto sabe que las piezas no encajan. Hay algo que falta o que sobra. Y todavía no ha encontrado la fórmula adecuada para resolver esa incógnita, para darle la vuelta a su vida como a un calcetín. Y tiene que hacerlo. Está en una vía muerta, y su tren no tiene destino, ni pasajeros.

Gusto aprieta los puños, aprieta los dientes, y hace algo parecido a rezar. No sabe muy bien cómo, ni siquiera está seguro de a quién dirigir sus súplicas; pero tiene la necesidad de gritar, aunque sea en silencio, que necesita ayuda, un empujoncito, para escapar de sí mismo y comenzar de nuevo, despojado de todos sus miedos, y de sus pesados lastres, y de sus propias bajezas.

Máximo bordea el parque que hay junto al colegio privado del barrio. La hierba verde se ha vuelto gris. Y las hojas caídas, de un marrón profundo y húmedo, son también grises. El cielo es gris para todos, pero para el profesor de Matemáticas, que arrastra su cuerpo grande y algo fofo por las cada vez más inhóspitas calles, también lo son las luces de los semáforos, y la pintura de los coches, y los toldos mojados de los comercios. Incluso la nieve que va cuajando se ha vuelto gris.

—Eh, tío —dice Nico desde una distancia prudencial.

Gusto abre los ojos sorprendido, arrancado a la fuerza de sus ensoñaciones.

—Tengo tu pasta.

Por unos segundos, Gusto no entiende lo que le dice. Es como si hablara en algún lenguaje extraño e ininteligible. Sin embargo, la realidad se abre paso a codazos.

—Aquí está. Está todo —dice Nico agitando en el aire unos cuantos billetes.

Gusto se levanta del banco con dificultad. Sus articulaciones no se deciden a articular, y sus músculos no quieren muscular.

—Toma, cógelo. Está todo —repite Nico.

—No quiero tu dinero —responde Gusto. Al principio, las palabras nacen cansadas, anquilosadas; pero, poco a poco, la agilidad regresa a sus labios, y a su lengua, y a todo su cuerpo—. Quédatelo. No lo quiero.

—¿Qué? ¿Estás de coña?

—No. Va muy en serio. Quédate el dinero. No me debes nada.

—Pero ¿qué cojones estás diciendo? Toma tu puta pasta.

—Ya te he dicho que no me debes nada. Olvídalo.

—¿Que lo olvide? Pero ¿tú de qué vas?

—En serio, tío. Olvídalo.

—¡Yo no olvido una puta mierda! ¡Joder! ¡Coge el dinero de una vez!

—No lo quiero. Ya te lo he dicho.

Nico se acerca a Gusto dominado por la ira.

—¿Te estás choteando de mí?

—De verdad que no. Simplemente no quiero ese dinero. No me lo he ganado.

—¿Qué coño me estás contando? Toma tu puta pasta y en paz —dice Nico y, bruscamente, le mete el dinero en el bolsillo de la chupa. Gusto no se resiste, pues sabe qué sucederá si lo hace. Y no quiere que eso pase. Así que se limita a menear la cabeza, contrariado.

—Ese dinero no es mío. No me lo he ganado.

—¡Déjate ya de gilipolleces! Estamos en paz y punto. Ya no te debo nada.

—Como quieras. Si así estás más tranquilo...

—¡Sí que estoy más tranquilo, joder! ¡Y deja ya de tocarme los cojones!

Gusto cierra la boca y abre los brazos. No tiene la menor intención de pelear, así que deja los billetes en el bolsillo de su chupa y vuelve a sentarse en el banco.

Nico no sabe qué hacer. No entiende nada de lo que acaba de pasar. Se había preparado para una situación tensa, incluso violenta, pero nunca hubiera imaginado la incomprensible reacción del camello.

Gusto mira a Nico fijamente. En sus ojos hay cansancio y tristeza. Y eso Nico lo comprende aún menos.

Uno sentado en un banco, vencido, abatido. El otro de pie frente a él, intentando asimilar el desconcierto, reconvirtiendo la agresividad en algún otro sentimiento que poder manejar. Y los dos bajo la nieve, que ya cae copiosamente, que lo va cubriendo todo con su manto blanco, dibujando el paisaje de irrealidad.

Dos figuras contemplan la escena desde la distancia. Si tuvieran tiempo o predisposición, verían en ella un conjunto extrañamente bello, delicado, como esculpido en el tiempo con la suavidad de un cristal o de un copo de forma caprichosa. Sin embargo, no están para poesías ni para lindezas. Han venido a lo que han venido.

—Es ese tío. El que está parado. Ese es mío —dice uno de ellos con un marcado acento caribeño.

—¿El colega del banco? —responde el otro, con el hablar inconfundible del barrio.

—No, carajo. El que está ahí parado frente al otro.

—Entonces el que está de pie.

—Sí, ya te lo dije, carajo. Ese comemielda.

—Vale, tío, tranqui. Yo me encargo del otro —responde mostrando una sonrisa descabalgada y siniestra.

Entonces los dos se acercan a Gusto y a Nico, que continúan congelados en un instante que no termina de pasar. Uno de los dos tipos, el español, que lleva una cazadora de cuero, saca una navaja automática del bolsillo, acciona su mecanismo y la oculta a la vista. El otro, el caribeño, que esconde sus ojos amoratados bajo unas enormes gafas de sol, acelera el paso.

Gusto entorna los párpados, tratando de descifrar el propósito de la figura que ha aparecido de pronto, y que se acerca a grandes zancadas por detrás de Nico.

Nico no entiende el cambio en el semblante de Gusto, que parece mirar con extrañeza hacia algún punto que se encuentra a su izquierda. Entonces, sintiendo una súbita voz de alarma que clama en el interior de su cabeza, se gira bruscamente. Y lo que ve es un puño que se estrella contra su mandíbula.

Nico cae al suelo de rodillas y Gusto se levanta del banco sorprendido. En ese momento siente unos brazos que rodean sus hombros y su cuello. También siente un puño cerrado en su garganta y el sutil contacto de algo duro, frío y afilado.

—No muevas ni un músculo, chaval, o te rajo.

El aliento de alguien a quien no puede ver calienta su oreja derecha, y la presión de la hoja sobre su garganta aumenta. La hoja hiere superficialmente su piel, y un hilo de sangre brota de la herida, mezclándose con los restos derretidos de una nieve que no deja de caer.

Nico se reincorpora despacio, escupiendo sangre.

—¡Hijoeputa! ¿Qué tú te creías, eh? ¿Que te me podías haser un trompo, sin más na? ¿Que te me ibas a robal mis cualtos, mi polvo y mi celular y a dalme tremenda trompa de pendejo mamagüevo y que te me ibas de free? ¡Te la comiste conmigo, hijoeputa! Tremendo biberón en que tú estás, hijoeputa.

Nico levanta la cabeza y lo primero que ve es a Gusto con una navaja en el cuello. Y él conoce al tío que sujeta esa navaja. Es ese yonqui amigo de su hermano, el tal Pincho. Un apodo al que ahora encuentra el porqué. Lentamente se gira y entonces encara al tío que acaba de tumbarle. Tiene el rostro magullado, la nariz vendada y la boca mellada. Y en cuanto lo ve sabe que está jodido. Es el camello dominicano al que asaltó en el parque, al que le quitó la cocaína, el dinero y el móvil. En sus mandíbulas apretadas, en la saliva que escapa sin control de su boca, puede ver a las claras al animal enfurecido, que da rienda suelta a su odio y a su rabia. El dominicano quiere venganza, devolver el golpe multiplicado por cien, por mil, por un millón. Quiere arrancarle de cuajo la sonrisa, cualquier sonrisa que sea o que pudiese llegar a ser, darle una lección que no olvide jamás. Y ese tipo de lecciones siempre han de teñirse de sangre.

—¡Te la comiste conmigo, mamagüevo! ¡Voy a dalte pero bien pabajo, hijoeputa! ¡Te voy a matal, hijoeputa!

Entonces el dominicano le propina una brutal patada en el estómago.

Nico se retuerce en el suelo, en posición fetal. El dominicano le escupe tres veces seguidas y después echa mano al bolsillo de atrás de los pantalones.

Gusto entiende inmediatamente lo que significa ese gesto. Reacciona al instante y, de un solo movimiento, se estira al máximo y se deja caer hacia atrás, alejando así lo más posible la navaja de su cuello. Al mismo tiempo trata de sujetar la mano que empuña el arma.

Por un segundo, el tipo, ese tal Pincho, no comprende qué es lo que está sucediendo. Su mayor preocupación es no perder el equilibrio, así que, por un momento, pierde el interés por su presa. Y ese momento lo aprovecha Gusto para quitarle la navaja.

Lanza el arma lo más lejos que puede y, olvidándose del tío que lo sujetaba hasta un segundo antes, corre hacia el dominicano. Sin embargo, no es lo bastante rápido, y el camello ya ha sacado la navaja, que brilla frente a él, reflejando en su hoja el cielo plomizo y opaco.

Gusto detiene su avance, pues ahora es a él a quien amenaza el dominicano, que sabe que ese otro tío, tirado en el suelo, retorciéndose como un gusano, no es por ahora ningún problema. Por ahora es de ese otro, el chico alto, de quien hay que encargarse.

—¿Qué tú quieres, eh? ¡No te metas, mamagüevo, que esta vaina no va contigo!

Gusto no escucha sus palabras, pues todos sus sentidos están concentrados en estudiar los movimientos de ese tío, en encontrar un punto débil, un resquicio por el que atacarlo y desarmarlo. Sin embargo, su absoluta concentración le juega una mala pasada, porque se ha olvidado del todo de lo que ha dejado a su espalda.

Ese tal Pincho busca en el suelo algo que sustituya su navaja perdida. Y allí, escondida tras una de las patas del banco, hay una litrona vacía. A toda prisa va a por ella, la coge con firmeza por el cuello y, sin dudarlo un instante, se abalanza sobre la retaguardia del tío que acaba de desarmarle.

Gusto siente un tremendo golpe en la nuca, y escucha sorprendido cómo el cristal se rompe contra su cráneo. Entonces todo se oscurece, y cae al suelo inconsciente, como una marioneta a la que han cortado los hilos.

El dominicano sonríe. Los cien euros que le ha pagado al Pincho por acompañarle han sido una magnífica inversión. Así que, una vez eliminada la inesperada amenaza, vuelve a centrar su atención en su verdadero objetivo.

Cogiéndolo por el pelo, levanta a Nico del suelo y le obliga a permanecer de rodillas. Luego, tras agacharse, le habla al oído:

—Te voy a matal, cabrón.

Máximo recorre el parque bajo la nevada, dejando un rastro de pisadas arrastradas por el manto blanco que lo unifica todo. Por un momento le parece escuchar voces altas, gritos, ruidos extraños. Se detiene, aguza el oído y entonces logra oír con más claridad. Después de más de veinte años de profesor en un instituto, no tiene dudas a la hora de reconocer los sonidos propios de una pelea. Y, también después de más de veinte años de profesor de instituto, es incapaz de acallar esa voz interna que le dice que es su deber poner paz. Así que allá va, a ser quien le han enseñado a ser. A mediar. A meterse donde no le llaman.

Al principio no ve más que unas figuras borrosas que bailan un baile que no es capaz de descifrar, pero con-

forme va aproximándose puede distinguir y comprender qué es lo que está sucediendo.

Su boca se abre horrorizada cuando uno de los chicos golpea a otro con una botella en la cabeza. El chico golpeado cae al suelo como un peso muerto y, casi enseguida, la sangre que mana de su cráneo comienza a teñir de rojo la nieve. Otro de los chicos, uno que lleva unas enormes gafas de sol, levanta del pelo a otro, que permanecía tumbado en el suelo.

A pesar de su boca ensangrentada y de su rostro, pálido y desencajado, Máximo reconoce enseguida a ese chico al que obligan a permanecer arrodillado. Es Nico. Nicolás Gutiérrez Robledo. El mismo que le ha denunciado por acoso sexual y le ha acusado de haberle hecho proposiciones deshonestas. El mismo que puede haber terminado con su carrera de profesor. Lo único que le queda.

El cerebro de Máximo gira como una lavadora centrifugando, y las imágenes y las palabras se mezclan en él, se enredan y se confunden. Pero una imagen nueva borra todas las demás: la de una navaja, afilada y brillante, que se mueve a cámara lenta en el aire, por delante del rostro de ese chico que le ha jodido la vida.

De pronto, una voz que se acerca alerta al dominicano.

—¿Qué estáis haciendo? ¡Dejadlo en paz!

Un hombre alto y algo fofo, de unos cincuenta años o así, corre hacia ellos, agitando los brazos como si fueran las aspas de un molino.

—¡Quieto! ¡Aparta esa navaja!

El Pincho, que no contaba con terceras personas, antepone su instinto de conservación a lo pactado con el camello dominicano, deja caer el cuello roto de la botella, que aún mantenía agarrado con fuerza, y echa a correr, con el único objetivo de poner tierra de por medio. Aquello no le gusta nada, y cuando eso sucede lo mejor es irse por patas. Lo que sí que le disgusta de veras es tener que largarse sin recuperar su pincho. Eso sí que le jode.

El dominicano se sorprende por partida doble. Primero ese señor, tan mayor, que corre como un loco hacia él, y ahora ese cagado del Pincho, que se larga y le deja tirado. Resulta que a fin de cuentas no era tan buena inversión. Va a tener que darle una lección a ese tío de lo que es compromiso. Aunque no tiene tiempo para eso, eso ya lo solucionará después.

Máximo, con apenas un hilo de aire en los pulmones, se abalanza como un tren sin frenos sobre el tío de la navaja, que, por unos instantes, no reacciona. Está claro que el dominicano no se esperaba que ese viejo chiflado se le echase encima así, sin pensar en su propia seguridad, únicamente resuelto a proteger al chico.

El camello suelta a su presa e intenta cubrirse del ataque del hombre. Y lo hace interponiendo la navaja en su alocada carrera. Una navaja que se hunde en la carne, algo fofa, del profesor de Matemáticas.

El dominicano cae de espaldas, y el hombre cae sobre él. Ya en el suelo, logra quitárselo de encima y se reincorpora lo más rápido que puede. Busca nerviosamente la navaja, que ya no está en su mano. Tampoco está en el suelo, así que no puede estar más que en un sitio: en el cuerpo de ese hombre loco, grande, fofo, viejo, que permanece tirado en el suelo, sobre la nieve. Una nieve que comienza a vestirse con su sangre.

El dominicano mira a su alrededor. Varias figuras se acercan. Y también se acercan las luces parpadeantes de las motos de la policía. Tiene que huir. Lo más rápido que pueda. Sin embargo, la rabia y el odio no se van de sus tripas, y mirando a ese tío, al que le golpeó, le robó y le humilló, la razón y la lógica desaparecen. Y otra vez comienza a golpearle. Puñetazos, patadas. Y otra vez le escupe y le insulta.

Gusto tarda unos segundos en abrir los ojos. Lo ve todo borroso, blanco, nublado. A su alrededor hay sangre y cristales rotos. Incluso el aire está roto y cae sobre el blanco suelo, en pequeños y delicados pedazos. Sin embargo, enseguida bracea entre la confusión y comprende.

Y recuerda el golpe, y los cristales, y la navaja en su garganta. Entonces, a duras penas, logra ponerse de rodillas y, con dificultad y entornando los ojos, es capaz de enfocar las imágenes que suceden ante su retina. Al contemplarlas y comprender lo que está sucediendo, todavía aturdido, tambaleándose y sin pararse a pensar en el cómo ni en las consecuencias, se lanza a detener la brutal paliza que el camello le está propinando a ese chico, Nico. El nieto de Román. Su amigo.

El dominicano golpea, insulta, golpea de nuevo. Entonces un bulto vacilante y tembloroso se abalanza sobre él.

—Pero... ¿qué mielda es esta?

No entiende de dónde sale tanta gente que se le echa encima.

Y aún lo entiende menos cuando otros brazos lo agarran, y lo sujetan, y lo tiran al suelo. Boca abajo, con el rostro hundido en la nieve, forcejea, intenta zafarse de esas garras anónimas que le impiden dar rienda suelta a esa rabia y a ese odio que no ha sido aplacado. Pero esos brazos le sujetan con fuerza, y le retuercen las muñecas, y colocan a su alrededor el frío metal que se cierra, que aprieta, que apresa. Y esos mismos brazos se lo llevan de allí. Y luego otros brazos más lo meten en un coche patrulla, y conducen el volante que le aleja definitivamente de su objetivo.

Poco a poco, Gusto va recuperando la normalidad en sus sentidos y en sus percepciones. Y puede distinguir en el suelo a Nico, ensangrentado, dolorido, pero al menos por el momento vivo. También distingue en el suelo, un par de metros a su izquierda, el cuerpo inmóvil de un hombre, tumbado boca abajo, sobre un charco de sangre. Y distingue también, entre la multitud que se va agolpando, el rostro asustado de Román, el quiosquero, su amigo. Y en sus ojos descubre una curiosa mezcla de pánico, reproche y agradecimiento.

Nico es incapaz de sentir a la vez todos los golpes, todos los dolores juntos. Bastante tiene con respirar, con evitar que el corazón se le salga del pecho, con mantener las tripas en su sitio. Aun así, abre los ojos y busca. Busca a ese hombre. Ese que ha recibido en sus carnes el acero que le estaba destinado a él. Ese al que tantas veces ha llamado VIEJO-GORDO-VIOLADOR. El mismo al que, sin el menor atisbo de duda o remordimiento, ha acusado de haber cometido actos que no había cometido. Todo para castigarle por darle el coñazo y por meterse donde no le llamaban. El mismo que, precisamente por meterse donde no le llamaban, está ahí, en el suelo tirado, desangrándose. Y Nico lo mira con lágrimas en los ojos, viendo cómo se le escapa la vida.

Latido n.º 25

Gusto separa la cama de la pared. Se agacha y levanta el baldosín suelto, que normalmente queda bajo la pata izquierda del cabecero. Con el gesto serio saca todo lo que hay allí escondido y lo deposita sobre el edredón. Coge la bolsa de plástico que está llena de pastillas de diferentes formas, colores y tamaños, y se dirige al cuarto de baño. Sin titubeos, abre el cierre hermético y deja caer el contenido en el váter. Algunas de las cápsulas permanecen en la superficie, flotando, y otras, las más pesadas y compactas, se hunden hasta el fondo.

Gusto observa el agua transparente y aquellos pequeños objetos, que ahora le resultan sorprendentemente extraños, ajenos, insignificantes. Luego, sin que la más leve mueca se dibuje en su semblante, tira de la cadena. Y allá van las pastillas, a mezclarse y confundirse con los residuos que deja tras de sí la civilización.

Con el mismo gesto serio regresa a su cuarto y, serio también, guarda en una bolsa del supermercado casi toda la pequeña fortuna que le ha generado esa vida de trapicheos y de intercambios clandestinos. Solamente retorna al viejo escondrijo unos cuantos billetes. Para ellos ha pensado un destino diferente. Acto seguido se encamina hacia la puerta de la casa, se pone la chupa y, con la bolsa en la mano, baja las escaleras.

Gusto se detiene en el piso de abajo. Permanece allí unos segundos, en el rellano, con la mirada perdida en una de las puertas cerradas que tiene frente a él. Finalmente da un paso hacia esa puerta y, con la mano que le queda libre, llama al timbre.

El timbre suena desafinado y raquítico, y unos pasos se acercan al otro lado de la lámina de madera barata.

—¿Quién es? —responde una voz que no puede ocultar la precaución y la amenaza que se esconde en esas dos palabras.

Gusto reconoce enseguida que la que está al otro lado es Yeidy. Y no puede evitar que una tímida sonrisa se dibuje en su rostro.

—Soy yo. Gust... Gus.

Casi puede escucharse el alivio que siente ella, que abre enseguida la puerta.

—Hola —dice, sonriendo no solo con los labios.

—Hola —responde él, sujetando sus ganas de estrecharla entre los brazos y de besarla. Cosa que no debe hacer. Para eso ya habrá tiempo, y él está allí para algo muy diferente—. Toma —dice ofreciéndole la bolsa de la compra que lleva en la mano derecha.

Ella, sorprendida, acepta sin dudar el presente que él le hace, pues está enteramente dispuesta a aceptarle cualquier cosa que él quiera darle.

—¿Qué es esto?

—Nada. Algo que no es mío... que no me he ganado. Y he pensado que, tal vez, podría seros de utilidad. No sé, con el tema de las letras atrasadas y todo ese rollo.

Yeidy abre la bolsa y está a punto de soltarla, abrumada ante la cantidad de billetes que contiene.

—Pero... ¡es un montón de dinero!

—Ya... Bueno... A mí no me sirve, y he pensado que a vosotros... Así no tendrías que irte... No sé.

—¿Es de verdad?

Gusto sonríe una sonrisa bañada en tristeza.

—Sí. Es de verdad.

—Pero, esto, ¿de dónde lo has sacado?

Gusto calla unos segundos. Y ella espera su respuesta.

—Lo conseguí haciendo algo que no voy a volver a hacer.

Ella no sabe qué pensar. Aunque enseguida recuerda algunos comentarios de amigas, palabras oídas en el instituto, sobre un tipo que pasaba pastillas en el parque. Y entonces ata los cabos sueltos.

—No te preocupes. No vais a tener problema con el dinero. Está limpio. Todo lo limpio que puede estar.

Ella lo mira en silencio, sujetando la bolsa entre las manos. Y él siente que debe darle algo más.

—No quiero ese dinero porque ya no soy ese tío que era antes. Esa ya no es mi vida, ni tengo nada que me ate a ese mundo. Así que puedo dejarlo. Puedo dejar atrás todo eso y empezar de nuevo... Contigo... Si tú quieres.

Ella sigue mirándolo sin decir palabra. Entonces deja la bolsa en el suelo, en una esquina, junto al dintel de la puerta. Y da un paso adelante. Y, muy lentamente, junta su cuerpo al de él. Y, también muy despacio, recorre su pecho con las manos, hacia arriba, hasta rodear su cuello, hasta acariciar con suavidad su nuca, el nacimiento de su pelo, con las yemas de los dedos. Y poniéndose de puntillas, busca con sus labios los labios de él y, al encontrarlos, al encontrarse, se besan durante un minuto entero, segundo a segundo.

Gusto coge el autobús que sale del barrio. Hay un asiento libre, así que va a sentarse. Sin embargo, con el rabillo del ojo descubre a un hombre muy mayor. Arrastra los pies cansados y trata de agarrarse a algo, intentando no caer, sacudido por la brusquedad del tráfico y del conductor.

—Señor. Siéntese aquí —dice en voz baja.

El hombre levanta la cabeza, sorprendido y agradecido. Pero entonces una figura, que permanecía al acecho, se adelanta y ocupa el asiento.

—Señora… —intenta protestar Gusto. Sin embargo, la mujer, que no tendrá más de sesenta años y que parece fresca y lozana como una lechuga recién cortada, hace como que la cosa no va con ella.

Gusto mira al hombre mayor tratando de disculparse. El hombre sonríe, se encoge de hombros y se agarra a la barra vertical como si le fuera la vida en ello. Como un náufrago en medio de un mar infestado de tiburones.

Durante todo el recorrido, Gusto no deja de mirar a la señora. La mira con la más dura, sanguinaria y amenazante de sus miradas. Y ella como si nada. Permanece sentada, con la cabeza alta, mostrando a todos el semblante ofendido, indignado por tanta impertinencia.

—Vaya juventud. Así nos va —dice entre dientes.

Por desgracia, el anciano baja del autobús primero. Y se despide de Gusto con una sonrisa franca.

Después, una parada después, se baja la señora, que aprovecha el frenazo de autobús para clavarle el codo a Gusto en los riñones.

Con el autobús ya casi vacío, se sienta en un asiento que ha quedado libre. No en el que ha dejado la señora, en otro. Un par de paradas después, él también abandona el vehículo.

Camina despacio, bordeando las amplias zonas verdes que rodean el campus. En los carteles informativos localiza el lugar en el que se encuentra la secretaría, y hacia ella se dirige.

Espera pacientemente la cola frente al mostrador hasta que le llega el turno de ser atendido.

—Buenos días. Quería información sobre los requisitos de matriculación para el curso que viene.

Latido n.º 26

 Habitación 318.

Nico llama tímidamente a la puerta con los nudillos. Al hacerlo le duelen las costillas rotas, así que baja el brazo despacio, con los dientes apretados.

—¿Se puede? —pregunta con un hilo de voz, pero no hay respuesta.

A pesar de ello, gira el picaporte y abre la puerta. Asoma la cabeza al interior de la habitación, y el inconfundible olor de los hospitales —ese aroma a desinfectante, a plástico mojado y a piel desnuda— se introduce bruscamente en sus fosas nasales.

—¿Se puede? —vuelve a preguntar. Y una respiración profunda le sirve de respuesta.

En la primera de las camas un hombre extremadamente delgado, de piel muy morena y espeso bigote negro, duerme profundamente con la boca entreabierta. Nico piensa que debe de ser marroquí.

Y en la cama de al lado está él. También parece dormido, aunque su sueño es más ligero. Su cabeza se mueve, y sus dedos están agitados, como si tuviesen vida propia.

Nico se acerca a la segunda cama, sin apartar la mirada del rostro pálido y mal afeitado del hombre. Bajo las sábanas, su cuerpo resulta sorprendentemente pequeño. Es como si fuese una versión reducida de sí mismo, mucho más manejable, adaptada para el trajín y los manejos de las enfermeras y los médicos.

Muy despacio, recorre con la vista las formas veladas de blanco. Uno de sus pies asoma por debajo de las sábanas, y ahora Nico no puede dejar de mirarlo. Es anguloso, retorcido. De hecho, no le parece posible que ese extraño amasijo de huesos y tendones pueda servir para caminar. Entonces, sin previo aviso, la imagen de los viejos y gastados zapatos marrones que siempre cubren esos pies se abre paso en su mente. Unos zapatos que aprisionan, coartan y encierran esos pies nudosos y retorcidos.

—¿Nicolás? —susurra una voz débil, como de ultratumba.

Nico se sobresalta y da un respingo, pero enseguida recobra la compostura y contempla el rostro que le habla.

—Hola..., profe.

El hombre sonríe.

—Máximo. Llámame Máximo.

—Pues, hola, Máximo.

—Hola, Nicolás.

Permanecen mudos un instante, separados por un muro invisible que alguien debe romper. Y ese alguien es el profesor de Matemáticas.

—¿Qué tal estás? Me han dicho que recuperándote, que pronto ibas a volver a clase.

—Sí, eso me han dicho.

—No te veo muy animado.

—No, qué va. Quiero decir que sí, que tengo mazo de ganas de volver, y todo eso.

—Mazo de ganas...

—Sí, profe, digo, Máximo. Y esta vez pienso tomármelo en serio. Nada de pellas ni nada por el estilo. En plan formal y eso.

—Me alegro de oírlo.

...

—Y tú... usted, ¿cómo está? ¿Le duele mucho?

—Como en el chiste, solo cuando me río.

—Pues no se ría.

—Eso intento. Y no me cuesta demasiado, no es que tenga muchos motivos para reír.

—Joder, perdón, tampoco es para eso, ¿no? Que está toda la peña flipándolo contigo, perdón, con usted, en el instituto.

—Puedes tutearme si quieres.

—Vale. Pues eso, que está toda la peña ahí, en todo el barrio, en plan héroe con usted. Ya nadie dice nada de... O sea, que está todo el mundo con lo que hizo, y eso.

—Te entiendo.

—Y que yo también. Que yo no lo olvido. Lo que hizo por mí, digo. Que no voy a olvidarlo nunca. Que usted, perdón, que tú me salvaste la vida.

—No es para tanto.

—¡Joder que no! Perdón.

—No te preocupes.

—Que claro que es para tanto. Que si no llega a ser por usted, ese tío me raja. Y a lo mejor era yo el que estaba en esa cama. O en el cementerio.

...

—Bueno, olvídalo. Lo habría hecho cualquiera.

—Ni de coña, chaval, digo, profe, digo, Máximo. Eso ni de coña, que la peña va ahí, a lo suyo, a su puta bola.

—Déjalo ya. Agradezco de veras tus palabras, pero si quieres, podemos hablar de otra cosa. Si te apetece.

...

—También quería disculparme. Por lo que le dije al dire de usted, y también por lo del empujón, y los insultos y eso. Estoy mazo de arrepentido... Incluso he hablado con el dire. Le he contado la verdad, y creo que cuando vuelva al insti me va a caer una buena. Pero no importa, está bien. Solo quería decírselo.

—Muchas gracias, Nicolás.

—Gracias a usted. Y de verdad que lo siento mazo, que me he portado como un gilipollas.

—No voy a decirte que no. Y no me refiero a lo que hayas podido hacerme a mí, me refiero a lo que estás haciendo con tu vida. Aunque eso todavía tiene solución.

—Que ya lo sé. Que se lo juro por mi madre que voy a cambiar. Y voy a dejar toda esa mierda.

—Si necesitas ayuda, ya sabes que puedes contar conmigo.

—Vale, profe, pero no se preocupe, que yo controlo.

—Eso espero...

—Y otra cosa, profe. Que he pensado que la tía esa, la que dijeron que usted había, ya sabe... Bueno, que si yo dije una bola, que creo que, tal vez, ella también la dijo. O sea, que yo le creo. Que creo que no hizo nada, que ni abusó de la tía esa ni nada.

Máximo no es capaz de responder.

—Solo quería decírselo. Quería que usted... que tú lo supieras.

Entonces, sin despedirse, Nico se da la vuelta y se marcha. Máximo permanece un rato mirando la puerta vacía por la que se ha ido. Después mira por la ventana. El sol se abre camino entre las nubes e inunda el cielo invernal con sus mejores rayos. Uno de ellos atraviesa el cristal e ilumina el rostro del profesor. Aunque le escuecen los ojos, no aparta la vista. El calor acaricia su piel, y unas pocas lágrimas se deslizan desde sus párpados, dejando un rastro salado hasta sus mejillas.

Máximo cierra entonces los ojos, pero la luz del sol se abre paso a través de las delgadas membranas que los cubren. Y esa luz se agarra a sus neuronas, y bucea entre sinapsis, y se agarra con las uñas a su cerebro y, escondida entre la masa gris, deposita el huevo, el germen de una idea, de una nueva y poderosa convicción: no hay nada imposible, y no hay muro lo demasiado alto ni lo demasiado grueso para que no pueda ser cruzado, que no pueda derribarse. Si ese chico, Nicolás, ha decidido creerle, tal vez no todo esté perdido. Entonces el rostro de su hijo Carlos se le muestra como una aparición, y siente que sus heridas cicatrizan más rápido, que sus fuerzas se rehacen a marchas forzadas. Porque tiene un objetivo, una misión en la que no piensa desfallecer, ni rendirse. La cobardía, el miedo al rechazo, a las palabras duras, de hielo o de fuego, no van a ser nunca más un impedimento, un freno, para que luche por lo que es justo, por hacerse oír, para decir lo que tiene que decir, para explicar lo que quiere explicar, para recuperar lo que tiene que recuperar. Para que el pasado pase y, finalmente, no sea más que la sombra de un mal recuerdo.

Latido n.º 27

Gusto espera sentado en el respaldo del banco de madera. El sol brilla en lo más alto del cielo, radiante, haciendo olvidar momentáneamente que el invierno está sentado en su poltrona y que, por un tiempo, no piensa marcharse.

Román vende un último periódico y mira con el rabillo del ojo a ese chico alto y delgado que le espera, sentado en el respaldo de un banco de madera. Siempre ha pensado en él como en un amigo, siempre ha sentido que entre ellos había una fuerte y sorprendente conexión. Incluso en los peores momentos, cuando la rabia y el odio ocuparon su corazón. Quizá sea precisamente por esa conexión entre ambos por lo que sus actos le han resultado tan insoportables y tan incomprensibles. Quizá sea también por esa conexión entre ambos que siempre le ha sido tan difícil descifrar sus motivaciones y sus sentimientos y, en consecuencia, anticipar sus pasos. A pesar de la diferencia de edad, del bagaje tan incompatible, desde el primer momento ha visto en él una especie de alma gemela, de equivalente transgeneracional. Y por eso, una vez que guarde el género y que cierre el quiosco por hoy, va a reunirse con él y, en la medida de lo posible, van a intentar aclarar las cosas. Por lo menos esa ha sido la expresión que él ha utilizado.

—Román, es necesario que aclaremos las cosas... Necesito que aclaremos las cosas.

Y Román, el viejo quiosquero anarquista, perdedor de mil batallas, echa el cierre y camina, con los pasos lentos, con las manos en los bolsillos del abrigo, a eso, a «aclarar las cosas».

Gusto lo mira con los ojos tan claros como el cielo que cubre sus cabezas. Sus pupilas son las de un animal indefenso, desnudo, ofreciéndose en sacrificio a la manada de lobos. Pero Román no es ningún lobo.

—Hola, chaval.

—Hola, Román. ¿Cómo está Nicolás?

—Bien, bien. Magullado pero bien. Además, no está mal que le duela hasta el alma. Tal vez ese dolor le muestre el camino por el que no debe volver a transitar.

Gusto sonríe.

—Qué poético estás hoy.

Román tuerce el gesto.

—No, en serio, no me burlo.

—Lo sé. No te agobies. Y tú, ¿cómo estás?

Gusto se lleva instintivamente la mano a la nuca.

—Bien, sin problema. Nada más que una cicatriz de guerra que enseñarle a las chicas.

—No te aproveches demasiado, chaval, que tienes toda la pinta de ir por ahí rompiendo corazones.

—¿Yo? ¡Qué va! Si soy un solitario. Bueno, era.

—Vaya, vaya... Así que el tipo duro e inaccesible se nos ha enamorado.

Gusto, que no puede evitar volver a sonreír, se encoge de hombros. Román sonríe también y, después de apoyar su mano, curtida y nudosa, en el hombro del chico, se sienta a su lado. Por unos segundos, permanecen en silencio, con las miradas fundidas en el azul pálido del cielo. Gusto rompe ese silencio.

—Quiero que me perdones...

—No te preocupes.

—... por darle aquella paliza a tu nieto.

—Olvídalo. He hablado con él y me lo ha contado todo. Parece que después de lo que pasó se le ha soltado la lengua.

—En serio, yo no...

—Ya te he dicho antes que no te agobies, chaval. Lo pasado pasado está. Y lo que hiciste por él borra todo lo demás.

—Yo no hice nada.

—No, simplemente le salvaste la vida. Y jugándote la tuya propia.

Gusto agacha la cabeza y la esconde entre los hombros.

—No podía dejar que le pasara nada. No hubiera podido volver a mirarte a la cara —dice desde su escondrijo.

—Pues ahora quiero que lo hagas. Quiero que me mires a la cara mientras te digo lo que tengo que decirte.

Gusto levanta la cabeza y se encuentra con los ojos de Román. Unos ojos que vuelven a brillar, llenos de vida.

—Eres un buen chaval. Un chaval extraordinario. Y si dejas ya de hacer tonterías, de malgastar tu vida y de perder el tiempo, vas a ser un hombre extraordinario. De los que hay pocos. Y no voy a darte mi perdón, lo que voy a darte son las gracias. Desde lo más profundo de mi corazón. Gracias por salvar a mi chico. Gracias por darle otra oportunidad.

Gusto no sabe qué decir.

Román se frota los ojos, de los que han comenzado a brotar unas lágrimas pequeñas y tímidas, saladas y sencillas como un mar de pescadores.

—Joder, Román, no te me pongas a llorar, que me vas a contagiar.

—Tranquilo, chaval. Y no te preocupes por tu imagen, que a las chavalas también les gustan los tíos sensibles —responde el viejo, pasándole el brazo por el hombro al chico.

Así permanecen, mirando otra vez al cielo. Un cielo en el que se han dibujado algunas nubes, blancas como el algodón. Son gráciles, dóciles al viento suave que las esculpe con delicadeza, las acaricia con levedad, las acompaña en un vaivén pausado.

Gusto mira a su viejo amigo. En su perfil inmóvil, tallado por los años, encuentra las sutiles líneas de la sabiduría y de la bondad. Y siente que es el momento.

—Román...

—Dime, chaval.

—Me gustaría contarte cómo he llegado a esto. Qué pasó para que me convirtiese en quien soy ahora. Querría poder explicártelo todo.

—¿Todo?

—Sí, todo.

Aquí acaba este libro
escrito, ilustrado, diseñado, editado, impreso
por personas que aman los libros.
Aquí acaba este libro que tú has leído,
el libro que ya eres.